MA MEILLEURE AMIE

FABIENNE JACOB

MA MEILLEURE AMIE

ROMAN

BUCHET • CHASTEL

ISBN : 978-2-283-03339-5

À Patricia Mazzoni, Pierre Cendors.
À la mémoire de Véronique Bogard.

L'enthousiasme, la grâce

Ni mari, ni enfants. Sambre n'aura laissé aucune trace. Ce serait dommage pour l'humanité de n'avoir pas trace d'elle. L'humanité y gagne en produisant de tels êtres. En claquant la porte de Campo, Sambre n'a donné aucune raison officielle. Tant mieux, je ne crois pas aux raisons officielles. J'ai ma petite idée sur la question. J'émettrai des hypothèses, puis je laisserai tomber, j'en émettrai d'autres. Je ne serai jamais sûre d'avoir le fin mot, je sais déjà que l'histoire de Sambre me résistera. Sinon elle n'aurait pas eu un tel ascendant sur moi.

Je ne crois pas au temps, je crois aux plis de l'être. Ce qui a été est toujours. Mon entreprise ne sera pas de nostalgie, elle ignorera le temps, se tiendra indifféremment dans deux temps, d'hier à aujourd'hui et vice versa, mieux, elle tirera sa substance de cet entre-deux, on raconte toujours des histoires pour qu'enfin le temps cesse de passer.

Pendant les cinq ans que j'ai partagés avec elle dans l'appartement communautaire surnommé Campo, j'ai pu voir combien les gens recherchaient sa lumière, son orbe. Moi la première. Impossible de se dérober. Ces êtres, on veut les côtoyer toute la journée, là où ils sont, on veut être, leur sillage, un aimant. Il y a cette chanson belge qui dit qu'on veut être l'ombre de son chien, on n'ira pas jusque-là.

La première fois que j'ai rencontré Sambre à la fac, c'était fin septembre. L'époque de l'année où dans l'air commence à flotter la troublante, la douceâtre odeur d'arrière-saison, les choses qui entament leur pourrissement. Par la fenêtre il entrait déjà du déclin, la courbe implacable de l'été avait fléchi depuis quelques semaines. Fin septembre le contour des jours se faisait hasardeux, mitigé. En un mot il devenait suspect.

La première fois que je rencontrai Sambre, je ne savais pas qu'une fin balbutiante mais certaine était déjà à l'œuvre.

Aimantée par le jour d'ambre qui siège à la fenêtre, je ne remarque pas aussitôt l'apparition qui a lieu devant moi. Sur le banc, je ne vois qu'un dos sur lequel coule d'abondance une grosse queue-de-cheval dont la couleur m'est d'abord restée indifférente. J'ai toujours été fascinée par les queues-de-cheval, surtout les épaisses, qui coulent dru entre les omoplates. Une envie irrésistible et instantanée de toucher.

Soudain dans le cours de la vie quotidienne, le surgissement d'un animal.

Dès lors que je prends conscience de l'incroyable couleur, je ne vois plus qu'elle. Le nom précis est blond vénitien. Une couleur qui n'existe pas dans la vraie vie. Le nom est bon pour les coiffeurs, une teinte née des colorants, pas de la simple nature humaine. Pas de la génétique, de la rencontre d'un gamète mâle et d'un ovocyte femelle, impossible. La rencontre entre un homme et une femme ne peut donner du blond vénitien que dans les tableaux du Quattrocento, où tout vient des lointains, le domaine des anges, où tout vient du ciel, même les enfants.

Je sais qu'on va pas me croire, elle est pas croyable, cette couleur. On va me la retoquer. Motif : trop romanesque. Il ne se trouvera personne pour te croire. Blond, oui, roux, si tu veux, mais blond vénitien, personne.

Quand on est derrière un dos où coule du blond vénitien, on attend que la personne se retourne, qu'elle honore ou non la promesse de la couleur. On en connaît tous de ces histoires où une personne en remarque une autre pour la beauté de son dos, et, quand elle se retourne, crac, le rêve est à terre, en mille morceaux comme la statue du jardin dans le poème. Je n'ai pas attendu la suite, je n'ai pas attendu que la fille se retourne ni même la fin du cours, j'ai levé le camp, j'ai rassemblé mes feuilles et mes stylos et j'ai quitté l'amphi. J'ai du mal avec les déceptions.

J'ai du mal aussi avec le temps. Vingt ou trente ans ont passé après cette première rencontre, je ne sais plus au juste. Sambre et moi nous sommes revues par hasard dans la rue. Nous qui nous voyions toujours par nécessité à Campo. Comment peut-on tout partager du matin au soir puis se perdre de vue ?

Quelqu'un m'appelle, je me retourne. Une femme que je ne reconnais pas immédiatement s'approche et voyant ma perplexité demande, tu ne me reconnais pas ? Seule la voix me permet d'identifier Sambre. Pas son visage, pas ses cheveux. Je ne réponds pas tout de suite, j'ai besoin de temps. Tout a changé. Cheveux plus courts, coupe structurée, le même visage que tout le monde, sans acuité, sans aménité non plus. Avant, Sambre ne ressemblait à personne. Le temps qu'il faut à l'identification pour arriver au cerveau, la gêne s'installe. Ah oui, c'est toi. Je me donne une contenance. J'en suis maintenant à penser que ce ne sont pas seulement ses cheveux, son visage, sa silhouette qui ont changé, j'en arrive à penser que cette personne n'est pas Sambre. Seule la voix est demeurée inchangée. Or la voix signe l'identité.

Je voudrais ne pas le dire ainsi, mais il le faut pourtant : il n'y a plus personne dans Sambre. Mon amie a été désertée de l'intérieur. Il n'y a plus aucune lumière en elle. Ou alors elle s'est éteinte. Quelqu'un a éteint la lumière.

Une extinction a eu lieu.

Sambre, auprès de qui tout le monde voulait se tenir, dans l'orbe de qui tout le monde voulait être admis, et maintenant cette femme devant moi. Cette femme sans lumière, de qui on peut facilement se tenir éloigné. Aucun effort à fournir. Je ne voudrais pas le dire ainsi non plus.

Comment peut-on perdre la race ? La race est ce qui ne peut se perdre.

Je pourrais lui poser des questions, mais elles ne sortent pas de ma bouche. Tu habites toujours le quartier ? Et toi, tu as des enfants ? Je ne demande rien. L'extinction donne toutes les réponses, oui, toujours le même quartier, non pas d'enfants. Encore comédienne ? Non, je n'ai jamais donné suite.

Tout à coup une question fond sur moi. Au fait, la couleur des cheveux ? Comment ai-je pu ne pas noter aussitôt cette disparition ? De même que la première fois que j'ai vu Sambre, je n'ai pas tout de suite remarqué la couleur de ses cheveux, aujourd'hui je ne note pas la disparition du blond vénitien. À la place flamboie un roux un peu trop fort, un peu trop roux, de ceux que les coiffeurs aiment proposer à leurs clientes en guise de teinture.

Après tant d'années, ma rencontre avec Sambre n'a pas été une question d'âge, de beauté fanée, de temps passé. Rien de tout ça. Seulement une question de lumière.

Une question intérieure.

Je ne suis plus tout à fait sûre maintenant pour la couleur des cheveux de Sambre. On dit que le souvenir embellit. S'il y avait une photo, je pourrais être affirmative. Mais la possible disparition des choses ne nous concernait pas alors. Nous n'en avions aucune conscience. Le présent était notre temps, notre état, notre être au monde, le présent c'est-à-dire l'éternité. L'idée de la perte des êtres, des choses, alors ne nous effleurait pas, notre jeunesse était un sas étanche, le passage du temps ne prenait pas sur nous. Sur aucune de nous trois, ni Sambre ni Rosie ni moi, Helga. Garder un souvenir, pour quoi faire ? Appuyer sur le bouton d'un appareil photo ne nous serait pas venu à l'idée. Ou alors seulement parce qu'on portait des chaussures rouges ce jour-là, et qu'on aimait le rouge, par curiosité on aurait voulu voir si la photo allait restituer le carmin précis, c'est tout. Ou alors parce que ce jour-là était un jour de brume, un jour fantôme et qu'on aurait aimé surprendre l'esprit caché dans la trame du matin flou, l'attraper en flagrant délit de présence invisible, révélée par le seul papier Kodak. Mais prendre une photo pour garder un souvenir, ça, non, ça, jamais de la vie. Nous ne vivions pas dans le souvenir, mais dans l'instant. Comment cela s'appelle-t-il quand il n'y a ni avant ni après ? Cela s'appelle l'ardeur. Les souvenirs viendraient après, une fois que l'ardeur nous aurait quittées. Pour l'heure on n'avait encore rien à prouver, rien à justifier, justifier quoi ? Qui ? On ne voulait rien posséder non plus, encore moins thésauriser, engranger quoi que ce soit. Et après, la montrer à qui, la photo ? À nos enfants ? On n'en voulait pas d'enfants. L'avenir était une idée d'usurier. Les enfants aussi.

Je ne regarderai pas mon histoire avec Sambre comme une de ces vieilles photos en noir et blanc à bords crénelés, l'inouï pouvoir lacrymal de ces images. On ne tient plus entre ses mains un bout de carton, mais de la perte. De la disparition. Les vêtements de mes parents avant le prêt-à-porter, les photos au bord du Rhin quand je regarde l'album familial, sa jupe à elle, ma mère, jusqu'aux mollets, sombre, un lainage épais et un pull à rayures, et la tête brune renversée en arrière, le bonheur est dans les hanches et sur la bouche, le bonheur est à une fontaine au bord du Rhin, dans certaines langues le mot bonheur n'existe pas, on comprend, pourquoi vouloir à tout prix trouver un nom à une chose dont on n'est pas sûr qu'elle existe, elle, assise sur le rebord d'une fontaine de pierre, et son sourire à lui, le chanteur, le joli cœur, qu'est-ce qu'il a bien pu lui raconter encore, pour la dévaster de rire, il savait y faire. Les photos et leur pouvoir instantané de faire advenir les larmes, de la perte, de la disparition transformée en bout de carton, où sont-ils passés les deux, elle et lui, le père et la mère ? Les bords crénelés tissent une fine dentelle blanche aux deux disparus, un kaddish de papier pour jeunes mariés. Pas de ça à Campo, ni fleurs ni couronnes, d'ailleurs je n'avais aucune photo de l'époque de Sambre. De quoi douter de notre existence réelle.

N'empêche, si j'avais disposé d'une image, j'aurais pu vérifier certains faits comme la couleur des cheveux de Sambre.

J'ai toujours pensé que Sambre tirait sa puissance de ses cheveux.

Au cours magistral de la semaine suivante je la cherche du regard. C'est le vieux Klein qui se colle à la littérature comparée, dont le thème ce semestre est l'apparition. Pour l'accabler, on prononce son nom à l'allemande, Claïn. À la fac, il ne fait pas l'unanimité, le moins qu'on puisse dire. Chancelant, tenant à peine debout sur l'estrade, son corps peut lâcher tout à coup au milieu d'un vers, d'une réplique, un jour ça aura lieu. Crac, son teint gris, son corps parcheminé, son corps dont l'état et la couleur sont déjà proches de ceux de la poussière, étalé tout du long sur l'estrade au vernis insolent et le vers par terre et peut-être même pas coupé à la diérèse, un comble ! Déjà l'année dernière on l'avait en littérature comparée. Une figure, et comme toutes les figures, clivant. Parfois il dit des choses qu'il ne devrait pas, la dernière en date, la chair des femmes est molle, blanche et utile, de tout temps elle a dégoûté beaucoup d'écrivains et, preuve à l'appui, il nous lit les extraits qui fondent sa thèse, quelquefois les écrivains sont très célèbres et nous on est là, on écoute, on se demande ce que peut faire la chair blanche et molle des femmes aux grands écrivains qu'on pensait au-dessus de tout soupçon.

L'année dernière quand il a dit sa phrase, une grande fille a quitté bruyamment l'amphi, ramassant ses affaires à la hâte et jetant un manteau hystérique sur ses épaules. Pff, un coup de pistolet dans un concert, a dit Klein interrompant un instant son cours, les yeux tout plissés de références littéraires que seule une poignée d'entre nous pouvait comprendre. Il ne devrait pas dire des choses en rapport avec la chair blanche et molle des femmes, mais il ne peut pas s'empêcher, un jour la fac va lui tomber dessus quelqu'un ira le dénoncer, mais c'est plus fort que lui. Plusieurs de mes camarades boycottent déjà ses cours, des filles mais aussi des garçons.

C'est qui la rousse au cours de Klein ? Tu la connais ? je demande à ma voisine l'air de rien. Je la cherche dans les rangs, nulle trace de Venise ce jour-là. J'ai projeté de me placer de nouveau derrière elle et d'attendre qu'elle se retourne afin de découvrir son visage. Blond vénitien tu veux dire ? rectifie aussitôt la fille. Ce seul qualificatif trahirait mon intérêt pour elle. Motus, sous aucun prétexte je ne veux donner d'importance à Sambre. Ni aux yeux de ma camarade ni aux miens. Aujourd'hui on dirait je voulais faire genre. Je ne trouve pas d'équivalent pour l'époque. Je sais seulement qu'elle s'appelle Sambre, poursuit ma camarade. Dès qu'il est prononcé, le nom se fiche en moi, une syllabe unique, sonore, géographique, une seule coulée de clair-obscur et d'énigme. Paraît qu'elle adore les auteurs russes, tu vois le style ? poursuit la fille. Ah oui, je vois. Parfois la complaisance est la meilleure des réponses quand on est paresseux ou alors qu'on n'estime pas assez la personne pour se lancer dans un débat. En l'occurrence c'est un mélange des deux. En fait, pour être honnête, je ne peux me faire une idée précise d'une personne qui aime les auteurs russes. Mon opinion serait d'ailleurs plutôt favorable.

Comme tous les jours, on est à l'affût des petites phrases de Klein, mais il n'en livre pas. Aujourd'hui, nulle saillie, nul écart, Klein reste correct d'un bout à l'autre et bien sûr son cours en est moins drôle, presque rasant comme les autres, encore que Klein sache toujours se tenir aux frontières des convenances. Ce jour-là aucune ligne blanche n'est franchie. Rien de rugueux ne passe ses lèvres, je ne note qu'un titre, *Continuité des parcs*. Que signifie-t-il ? Le parc du campus qu'on aperçoit par la fenêtre est encore vert mais commence à se teindre de jaune et de rouille, les feuilles livrent leur dernier suc, le chant du cygne, bientôt il leur faudra tomber, telle est leur continuité. Bien sûr l'œuvre dont parle Klein parle de tout autre chose, mais pour moi le sens du titre est lié à ce que je vois par la fenêtre. Faut-il comprendre un titre pour l'aimer ? Pas sûr. Quand même un sacré nom, Sambre. J'en parle à un ami le soir même, il se souvient d'avoir lu il y a longtemps un roman dont l'héroïne s'appelait Sambre. Non seulement son prénom est de bataille et de rivière, mais il fait écrire des romans !

Quelques jours plus tard, à la sortie des cours, quelqu'un derrière moi appelle, Sambre ! Sambre ! en faisant de grands signes de la main et tout à coup je vois la queue-de-cheval se retourner. D'une fille qui a de tels cheveux, on attend beaucoup, on place la barre haut, je l'ai déjà dit. Les traits de Sambre sont réguliers, classiques, sans surprise. Je suis presque déçue, il lui manque le je-ne-sais-quoi qui passionne tant dans d'autres visages, un défaut, une asymétrie, les filles dont on dit qu'elles ont du chien. J'ai lu trop de livres, vu trop de films pour trouver beau le visage de Sambre. Un jugement abrupt et définitif, pour tout dire un peu idiot, mais à l'époque c'était le mien. Ni le nom de Sambre ni sa couleur n'ont tenu promesse. On dit que la première impression est toujours la bonne, je ne sais pas si c'est vrai, je n'ai pas le temps de réfléchir car déjà une seconde impression remplace la première.

Quand je m'approche de Sambre pour lui parler, en un centième de seconde, je ne vois plus le visage, je sens seulement l'effet qu'il produit sur moi. Je subis un rayonnement. Dès que Sambre se retourne et me voit, je suis sous sa coupe. C'est instantané et infaillible. Cette fille émet une lumière sans lien avec la couleur de ses cheveux. Il y a autant d'ombre dans son nom que d'éclat dans sa personne. Quelqu'un a allumé la lumière à l'intérieur. On est exposé et on ne peut que subir. L'irradiation vient d'où ? Du rayon fougère de ses yeux, de l'angle hautain du menton, des épaules ? Ça vient de nulle part, c'est-à-dire de partout. Pas la peine de chercher à l'extérieur, ça vient de l'intérieur. Malgré le rayonnement, je m'approche d'elle et me présente, je suis Helga, j'étais derrière toi au cours de Klein jeudi dernier. Au moment précis où nos regards se croisent, elle comme moi savons déjà qu'une chose irréversible a eu lieu, la composition de l'air vient de changer.

Tu t'appelles vraiment Sambre ? Ma question n'est pas originale, mais comme les autres j'ai moi aussi le droit de la poser. Sur mon état civil, je suis Sylvie. Des Sylvie, il y en avait trois par classe, alors j'ai changé et je me suis nommée moi-même. En somme, elle me fait comprendre qu'elle mérite un beau nom, les Valérie, les Martine méritent leur prénom banal, mais elle, peut prétendre à un nom rare, unique. Au lieu de penser que Sambre a une haute idée d'elle-même, je pense qu'elle a raison de s'être choisi un prénom qui lui va. Sans la connaître, je suis d'instinct convaincue de la pertinence du choix. Mais pourquoi Sambre ? J'insiste. Réponse, j'aime les récits de bataille... mais pas autant que les auteurs russes.

La première parole échangée et déjà son couplet sur l'Oural. Je décide de lui couper ses effets. Moi, les auteurs russes, ça peut aller, je dis d'un air évasif et indifférent. Comme si on pouvait lire tièdement la littérature russe, ne pas être entraîné à train d'enfer dans sa troïka de noms à rallonge et d'âmes enténébrées.

En partant, je note qu'elle porte une mouche au coin des lèvres. Est-ce naturel ou artificiel ? On en arrive à douter de tout maintenant avec elle. Il ne suffit pas qu'elle se fasse appeler Sambre, qu'elle aime les auteurs russes et qu'elle le clame à tout-va, encore faut-il qu'elle porte une mouche. Je sais que les mouches des coquettes du XVIIe siècle ont une signification différente selon l'endroit où elles les arborent, pommette ou coin de la bouche. Je vérifierai en rentrant chez moi.

Jusqu'à présent je n'ai jamais cherché à connaître le sens de la mouche de Sambre. Je ne voudrais pas vivre dans un monde où tout serait expliqué, interprété. Les zones d'ombre non seulement ne me dérangent pas, mais me rassurent. Pour un peu je les cultiverais. Je veux continuer à vivre dans un monde où il reste des choses à comprendre, à élucider et à découvrir. Les reportages et le tourisme qui ont quadrillé toutes les contrées, y compris les plus reculées, m'ont fait passer le goût du voyage. Inversement, je regarde souvent la liste de livres qu'il me reste à lire et chaque fois me réjouis de sa longueur. Quand j'aurai tout lu, je n'aurai plus rien à désirer.

Ou alors, deuxième hypothèse, je me fiche des mouches du XVIIe siècle.

Comme Sambre habite non loin de chez moi, on chemine souvent ensemble en revenant de la fac. Je n'oublie pas ses effets de manche sur les auteurs russes, je garde mes distances. Pas longtemps, car peu à peu et à mon insu je baisse la garde. Elle m'appelle Helganouchka, peut-être pour ça. Personne ne m'a jamais appelée d'un aussi beau nom. Un nom, c'est pour la vie et ça la détermine. La vie de Helganouchka est autrement plus exaltante que celle de Helga. Sa manie de russifier les noms, si agaçante soit-elle, quand elle me concerne, ne m'horripile jamais. Un jour elle m'avoue qu'elle ne m'aurait pas parlé si je n'avais pas porté un nom juif. Si tu t'étais appelée Martin ou Dutour, je ne t'aurais même pas vue. Stretter, c'est une autre histoire ! elle me dit en balançant ses longs cheveux vénitiens derrière l'épaule. Je ne m'appelais pas Stretter et ne comprenais pas l'allusion.

Après les Russes, les Juifs, Sambre ne pouvait vivre sans histoires.

À côté de ma nouvelle amie, je me sens effacée. Gourde et inconsistante. Aucun charisme, aucune ardeur. Un jour elle me demande d'aller boire un verre avec elle sur la grand-place. Elle se met à me parler de son amoureux, un médecin, qu'elle appelle le Marin. Pourquoi tu l'appelles le Marin ? En référence au *Marin de Gibraltar*, de Duras ! Je ne connais rien à l'époque, je fais semblant de saisir le rapport, je ne veux pas être prise en défaut. Je n'ai jamais lu *Le Marin de Gibraltar* ni aucun livre de Marguerite Duras.

Le soir même je me l'achète et le lis d'une traite.

Son médecin est marié, deux enfants, elle ne le voit presque jamais. Ça me va, je n'imagine pas l'amour autrement qu'impossible, elle dit. C'est son truc, il faut que ça marche pas, l'amour, sinon c'est pas de l'amour. Pour elle il n'y a que les non-lieux qui soient littéraires.

Si l'histoire marche, il n'y a pas de quoi écrire un livre.

Avant le Marin, il y avait cette autre histoire, elle aussi littéraire, avec un nommé Weiler de Bordeaux, un étudiant en sciences. Une histoire qui l'avait dévastée. Tout un été sur un sofa à Vezey à penser à Weiler qui l'avait abandonnée. À tel point que ses parents avaient dû lui acheter un chien qu'elle avait nommé Regain et qui avait passé l'été avec elle sur le sofa.

Tout un été sans Weiler.

Avant l'été, il l'avait fait venir à Bordeaux, dans sa ville, elle racontait le train, les longues heures, elle avait traversé la France pour lui, le pont sur la Garonne, la gare et Weiler qui était là sans être là. Et à la fin, tout ce voyage, ces longues heures de train pour s'entendre dire que ça ne marcherait pas entre lui, Weiler, et elle, il avait dans sa vie une autre fille, une certaine Catherine, non, finalement ça ne marcherait pas. Quand elle parlait du pont de la Garonne, du fleuve dans la ville, de la dévastation dans la ville, on était dans un roman, un roman avec un fleuve, un pont, et un homme attendu, désiré, mais jamais vraiment venu.

Un non-lieu. S'il y a lieu il n'y a pas littérature.

Moi, je me gardais bien dans un premier temps de lui raconter mon histoire avec Luc, une histoire qui marchait, il n'y aurait pas littérature. Je n'étais pas romanesque et me sentais de nouveau effacée et fade face à elle. Gourde, inconsistante. Quand je retrouvais Luc, je lui en voulais d'être si peu Weiler.

Et par-dessus le marché la ville où nous nous étions rencontrés, Luc et moi, n'avait ni pont ni fleuve.

À la rentrée suivante, Sambre et moi avons loué ensemble un appartement qu'on a tout de suite nommé Campo, du nom de la rue et de la station de métro toutes proches. Un appartement moche comme tout, un rez-de-chaussée au fond d'une cour, plongé du matin au soir dans la pénombre. La lumière n'arrivait jamais, on avait vue sur rien, un immeuble défraîchi de briques rouges, on était heureuses comme tout. Campo donnait sur un trou au fond d'une cour noire fermée, les entrées et sorties des habitants, les bruits résonnaient, de bouffe, fourchettes, couteaux, des bruits de baise, de colère, les humains quand ils vivent, le boucan qu'ils font. La voisine, Rosie, suivait les mêmes études que nous, très vite, elle est descendue de son sixième étage pour s'installer avec nous, chute providentielle de loyer. Parfois elle s'éclipsait, elle était ces soirs-là fort maquillée et revêtue d'un ciré noir brillant, comme étaient noirs et brillants ses yeux. Parfois avec Sambre on se demandait si elle n'était pas nue dessous. On se gardait de lui poser la question. De toute façon, on s'en fichait de sa réponse, on adorait la voir disparaître ainsi dans la nuit en ciré noir et maquillée comme un camion.

Tout était hideux à Campo, meubles bancals, dépareillés, moquette tachée, et partout le bazar. Par terre traînaient en permanence des collants noirs ou chair, des crayons de maquillage, des escarpins renversés et des Folio poésie, *Terraqué*, *Éloges*. Un meublé foutraque et baroque. Ce qui frappait tout de suite en entrant, c'était l'encombrement, des meubles dans tous les sens, le propriétaire avait refourgué ses vieilleries de famille dont il voulait se débarrasser, meubles torsadés à souhait, commodes qui fermaient mal, fauteuils démodés, tables à pieds byzantins, lampes à abat-jour branlants et dans le couloir le sacerdotal porte-parapluie en bois noir. À Campo rien n'était carré, lisse, sobre, tout était compliqué, tressé, surchargé, angélificoté. Aucune ligne droite, que des courbes. Les armoires lourdes, ciselées étaient de famille paraît-il, vieilles familles normandes, bretonnes, austères, qui avaient dû en entendre des haines recuites. Et maintenant elles en voyaient et en entendaient de nouveau de toutes les couleurs, avec Sambre qui répétait sans cesse ses scènes de théâtre. Elle s'était inscrite à un cours. Cela a un très beau nom, femme Narsès. Cela s'appelle l'aurore. Et Rosie et moi qui la faisions répéter et qui connaissions à notre tour les scènes par cœur, parfois pour rire, on les récitait dans le train ou dans la rue, cela a un très beau nom, femme Narsès, cela s'appelle l'aurore. Et parfois même pour rire on s'appelait entre nous Femme Narsès. Ça va aujourd'hui Femme Narsès ? Comment le proprio avait-il pu nous imposer un porte-parapluie à nous qui avions si peu d'envies matérielles ? Non seulement ça, mais on n'avait pas besoin de parapluie, nous ce qu'on aimait c'était nous faire rincer par le ciel, l'eau du ciel, quand elle descendait le long de nos visages, le long de nos nuques, le long de nos épaules, qu'elle ruisselait dans nos cheveux, lustrale et salutaire.

Le désordre d'un appartement sera à jamais pour moi l'image du bonheur, tout le contraire des appartements minimalistes d'aujourd'hui, occupés seulement par le soleil et l'espace où l'on ne peut vivre que malheureux, l'esprit libertaire infichu de souffler dans des pièces sous contrôle et sous scellés. Campo était une grotte primitive, nous y gravions des mains, des taureaux et des hommes.

On dormait jusqu'à des onze heures du matin, on dort bien quand on partage tout. Car on partageait tout à Campo, pas seulement les lits, les repas, les fringues, mais aussi les secrets, les enfances, les lectures. Et les amants bien sûr. On ouvrait en grand les volets, on sortait d'un bond et on s'en allait par les rues éclaboussées du soleil du matin, Paris était une ville blanche portugaise, ou alors Paris était avec ses trottoirs mouillés la ville du crime, une Chicago mélancolique. On grimpait dans des métros, on courait après des bus, on entrait dans des bars, on était si jeunes, les passants se retournaient sur nous, avec nos épaisses chevelures bibliques, on irradiait, il n'y avait rien à savoir, rien à comprendre, chacune de nous trois était une évidence. Les garçons aussi venaient puiser à la source, littérature, Italie, aurores, Femme Narsès, quand ils arrivaient à Campo ils ne savaient jamais qui de nous trois choisir, des bourdons dans un champ de trèfles, ivres de cheveux défaits, de rires et de répliques. Pour finir leur choix se reportait presque toujours sur Sambre.

Elle, ce qu'elle faisait avec eux, on ne savait jamais au juste.

Sambre répétait ses tragédies.

La plupart du temps, l'appartement communautaire comptait plus de trois habitants. Parfois Marc, un ami de Sambre, y vivait aussi. Campo recelait au moins quatre matelas toujours prêts à être disposés à même le sol. On tombait sans cesse amoureux les uns des autres, la sève circulait, on laissait faire, corps glorieux. La tête des jeunes filles inscrites en études de littérature est pleine de folie, la matière qui veut ça. Chacune de nous trois, Sambre, Rosie et moi, Helga, étions parfaitement à notre place en licence de lettres modernes. Les murs résonnaient des vers de *Phèdre* que Sambre déclamait du matin au soir. L'implacable symétrie classique, de la musique à l'état pur, tu me haïssais, je ne t'aimais pas moins.

On donnait sans cesse la réplique, non ce n'est pas ça, recommence, on était Phèdre, on était Thésée, on était Perdican. À Campo, on n'apprenait pas la littérature, on vivait la littérature. Les murs regorgeaient de mots impérieux, royaux, la syntaxe de l'orgueil. Ils passaient par notre bouche dans notre gorge, et pour finir dans notre sang. La littérature nous avait rendues moitié dingues. J'accuse. Rosie et moi, on s'en était sorties, Sambre avait payé le tribut maximal, jamais remise de la tragédie ingurgitée à Campo. Comprendre. Toujours comprendre. Moi, je ne veux pas comprendre. Je comprendrai quand je serai vieille. Si je serai vieille. Sambre n'était jamais devenue vieille. La littérature avait fini par avoir sa peau. Les murs résonnaient, les vies s'ouvraient, la mer Rouge. Un jour on était princesse de sang, le lendemain, on était dealer ou client dans une rue sombre de la ville, un quartier visqueux. Les répliques étaient si belles qu'on se les faisait monter quand on marchait dans la rue, qu'on regardait par la vitre d'un train, ou qu'on avait un léger bourdon un dimanche soir ou un jour de novembre, « C'est pourquoi je m'approche de vous malgré l'heure qui est celle où d'ordinaire l'homme et l'animal se jettent sauvagement l'un sur l'autre, je m'approche, moi, de vous, les mains ouvertes et les paumes tournées vers vous, avec l'humilité de celui qui propose face à celui qui achète, avec l'humilité de celui qui possède face à celui qui désire. »

Les textes qu'on lisait à longueur de journée, à voix haute ou pas, avaient fini par infuser dans nos conversations quotidiennes qui se prolongeaient souvent tard dans la nuit. Parfois on se mettait nous-mêmes à parler comme des livres. On était interchangeables, alors pas la peine de dire qui a dit quoi.

j'ai toujours aimé le jaune

c'est la couleur préférée des enfants ils dessinent tous un soleil au-dessus de leur maison

toujours la même un toit deux fenêtres et une porte tout devient enfin simple

c'est peut-être ça la vie un soleil au-dessus

tu le sais toi ce qu'est la vie

même à la fin on ne sait pas

et puis l'été les champs d'orge avec le vent qui couche les épis c'est comme la mer

c'est partout autour c'est mouvant

rien n'est sûr tout est beau

quand les choses sont certaines elles sont déjà un peu mortes

alors ça apaise ou ça réveille le jaune faudrait savoir

tout et son contraire

je connais une fille elle a les yeux jaunes mais personne ne me croit quand je le dis

tu veux dire noisette non je veux dire jaune

les gens quand on leur dit une chose ils en entendent une autre le langage humain

et l'herbe la nuit tu l'entends aussi

oui je peux même l'entendre avec mes pieds nus quand je ne dors pas la nuit

dedans il y a des ombres des vieux bouts de bois des pics des épines des canines

même la couleur du soleil peut faire de l'ombre alors

on s'éloigne du sujet

le monde est un trousseau de clés

on ouvre on ferme c'est selon

tu sais j'ai encore dans l'oreille le bruit du papier collant des bonbons Krema quand on les ouvrait

je vois pas le rapport

on choisissait notre couleur préférée on était attirés des animaux

la fleur attire le bourdon avec ses couleurs

à quoi pensent au fin fond des pivoines les bourdons qui ne bougent plus

avec toi ça finit toujours dans les fleurs

je n'ai pas dit que c'était fini

Comme sur scène, les portes cour et jardin de Campo ne cessaient de claquer, se fermant et s'ouvrant à toute heure du jour et de la nuit. Sambre était la cheffe d'orchestre, elle rythmait les allées et venues. On ignorait ce qui était contenu dans la suite des années, le noyau opaque du temps, on s'en fichait, no future. Tout est possible, nous sommes si jeunes, nous serons captureuse de moustiques à Saziley Bé, écuyère ou écrivain peut-être, secrétaire d'écrivain, oui tiens, c'est bien ça, secrétaire d'écrivain. On se tient au bord de nos vies, au bord d'un précipice, on aime plus que tout se tenir à cet endroit de nos vies, on dit oui plutôt que non. Rien n'a vraiment d'importance, tout est essentiel. Rien n'a vraiment commencé, tout est déjà trop tard.

On est les championnes des paris stupides. Chiche que je suis capable de sortir nue sous mon imper. Le fameux imperméable de Rosie, noir ciré avec une ceinture, qui lançait du noir exactement comme sa prunelle. Rosie a fermé la ceinture, remonté le col et elle est sortie dans la nuit comme ça, nue sous son imper. Le lendemain elle a raconté qu'elle avait dit au videur de la boîte qu'elle ne pouvait enlever son imper, mon imper, c'est ma robe, elle lui a dit et il l'a laissée entrer. Même l'ami Marc joue le jeu. On parie que t'es pas cap de ramener une femme riche ici. Et un beau soir il était venu à Campo avec une psychanalyste d'âge mûr couverte de pulls en cachemire et d'étoles, de pied en cap nimbée d'alpaga, c'est ce qui nous avait fait dire qu'elle était riche. Ils étaient venus à Campo, avaient longé le couloir avec l'atroce porte-parapluie et avaient filé dans la chambre du fond. On avait vu une ombre, Sambre, Rosie et moi, une ombre furtive qui avait sinué le long des murs, mais on avait flairé la qualité de la laine. Elle était venue avec son prénom proustien, Marc nous l'avait soufflé, on a cru que ça allait sentir l'aubépine dans tout Campo, on s'était préparées, elle avait frôlé le corridor sombre et s'était faufilée dans la chambre du fond. Les psychanalystes, ça va toujours au fond, avait dit Rosie, en riant la main sur la bouche. Marc avait gagné son pari. Et toi, ils s'adressaient tous trois à moi maintenant, on parie que t'es pas chiche d'aller voir S. le grand écrivain pour lui demander d'être sa secrétaire. S. était publié dans la Blanche, cette collection prestigieuse avec son nom de dope. Le pari stupide était tombé sur moi. Et j'y suis allée, chiche que je suis cap d'aller voir le grand écrivain.

Pour demander un rendez-vous auprès de S., j'écris le soir une belle lettre dans ma chambre et la montre à Sambre et à Rosie. Je ne me souviens pas du contenu, je ne me rappelle que la fin, dans ma chambre il y a des glaïeuls rouges, tout est en ordre. Sambre y croit, Rosie, moyen. Je la glisse dans la boîte aux lettres sans vraiment y croire moi-même. Cinq jours plus tard, le téléphone sonne. C'est lui, voix grave et pontifiante de grand écrivain. Allô, c'est S. Vous savez, je ne vous aurais jamais répondu si vous n'aviez pas fini votre lettre par, dans ma chambre il y a des glaïeuls rouges, tout est en ordre. On allait faire quoi de notre vie, peut-être secrétaire d'écrivain. S. me donne rendez-vous, je préviens Sambre et Rosie que j'ai déjà gagné la moitié de mon pari. Je m'examine longtemps devant la glace pour voir quelle robe je vais porter. Peut-être le désir secret de rapporter un grand écrivain comme trophée, qui sait ? Si je veux dire la vérité il y a cette pensée au fond, je ne me la ramène pas avec mon inconscient, pas de quoi pavaner, il me rend humble. On se retrouve au bar de l'hôtel face à la maison d'édition du grand écrivain. Là normalement toutes les histoires finissent par une coucherie, le vieil écrivain et la jeune ingénue, le mentor, foutaises, rien de tout cela n'advient. Il écoute ma requête, rit, ne sais-je donc pas que de nos jours les grands écrivains n'ont plus de secrétaire ? Non, pardon, je ne suis pas au courant, pour moi la littérature ne vit pas dans le même temps que le reste. Eh bien, oui, les grands écrivains comme les autres font tout eux-mêmes maintenant, même régime que pour tout un chacun. Vais-je encore gagner mon pari si je ne reviens pas à Campo en étant secrétaire de grand écrivain ? À la place du job, je décroche un dessin avec un triangle. Vous voyez ce qu'il vous faut, jeune fille, c'est un triangle sacré, le père, la mère et l'enfant. Tu parles d'un pari ! Le grand écrivain m'avait traitée en confesseur tutélaire et m'avait gentiment recommandé de rentrer chez moi, de me trouver un géniteur pour me faire faire un enfant histoire d'intégrer mon triangle sacré. Je suis en pétard, j'imagine la tête de Sambre et de Rosie quand je leur apporterai le papier griffonné. Je quitte le grand hôtel avec en poche mon petit triangle dessiné à la diable, le père, la mère et le fils, tu parles ! Effi, notre voisine d'immeuble qui se joignait parfois à nous, nous avait bien prévenues, les écrivains sont les hommes les plus vicieux de la création. Elle avait eu moins de chance. Elle aussi avait écrit à un écrivain, mais beaucoup moins grand que le mien, il y en a aussi dans la Blanche. Il lui avait donné rendez-vous directement dans la chambre de l'hôtel, avec le mien, on était restés au bar. Il l'avait culbutée et quand elle était rentrée, elle avait pris une douche brûlante pour se débarrasser de l'odeur. Pendant l'acte, il avait beuglé, poussé une sorte de petit cri odieux qui était sorti de sa panse gonflée, un cri de verrat, elle avait dit. On imaginait le gros corps blanc du verrat sur le jeune corps ferme d'Effi et au moment fatidique le petit cri odieux qui était sorti. Le mien d'écrivain au moins n'avait jamais crié, juste dessiné un petit triangle sur un papier. On avait acheté un livre du cochon pour voir ce qu'il valait en dehors de son cri, on n'avait pas aimé. C'était plein de belle phrases inutiles et bavardes. Pff c'est un livre, mais c'est pas de la littérature, avait tranché Sambre, du dédain plein le menton.

Notre vie était une suite de travellings, on marchait des nuits entières dans les rues de la ville, à chercher quoi, à aller où, je n'ai plus aucun souvenir ni de la destination ni de l'objet de nos déambulations, seulement de la manière dont on marchait, les déesses se reconnaissent à leur démarche. Parfois on arpentait des nuits chaudes, ardentes, l'été y mettait le feu, parfois aussi, rarement, il nous arrivait de la neige, à la ville elle était un événement, la matité du bruit, le silence ouaté qui s'abattait soudain sur les rues, la tristesse des jours de neige, on acclamait tout, on était si jeunes.

L'orgueil était la grande qualité de Sambre. Comme nous étions provinciales toutes les trois, nous n'avions pas les codes des cercles parisiens qui nous demeuraient fermés. L'apprivoisement est venu pour moi comme pour les autres, je le regrette. J'aurais voulu qu'il ne vienne jamais, il me dénature, m'enlève toute singularité. Je préfère les gens sauvages, ceux qui n'ont pas vu les films que tout le monde a vus. D'ailleurs les artistes et écrivains français que j'admire le plus ne vivent pas à Paris, ils habitent des cambrousses. Sauf exception. Au début donc, à Campo, on n'avait pas la bonne façon de s'habiller, de penser, de parler. On s'en fichait. On cherchait des gens comme nous. Et on en trouvait finalement. Les jeunes blancs-becs qui se pensaient rares alors qu'ils étaient en réalité tirés à des milliers d'exemplaires affichaient une morgue de classe envers nous. À Campo, on avait décidé de prendre les choses à l'envers. Ils nous méprisent ? Qu'à cela ne tienne ! On va les mépriser encore plus. Ainsi parlait Sambre. Elle avait sa technique dite de l'Indien Tarahumara qu'elle avait vue dans le film *La Collectionneuse*. Quand le Tarahumara mendie et qu'on lui donne quelque chose, il ne remercie pas, loin s'en faut, il tourne la tête ostensiblement pour ne pas vous voir et ne rien vous devoir. Avec les cuistres on faisait pareil, au premier signe de morgue, on répondait par un mépris encore plus grand. Résultat, le blanc-bec était désarçonné, et parfois il arrivait qu'il s'intéresse à nous du fait même de notre mépris. Si elle me snobe, c'est qu'elle a de quoi, tel était son raisonnement minable. On avait facilement retourné le gant du jeu social. Sambre levait toujours haut le menton, elle ne se prenait pas pour rien. Certains la trouvaient bêcheuse, elle répondait que l'orgueil était sa seule vraie qualité.

J'ignore ce qu'il en est pour Rosie, mais pour ma part, je continue souvent d'appliquer la technique dite Tarahumara.

En dehors de nos études littéraires, on avait un autre point commun. On venait de l'Est de la France, aujourd'hui appelé Grand Est. Une terre des confins, une petite Sibérie, l'appellation a raison. Au lycée, on nous avait déconseillé les études de lettres, ça ne mène à rien, voie de garage. Chacune pourtant avait choisi l'option garage, pressentant que ce serait une voie royale. Dans la nuit de notre être on avait toujours pensé que les études scientifiques ou économiques allaient justement nous mener dans le mur, les petits mariages étriqués, avec des comptables, des ingénieurs, qui nous feraient vieillir prématurément dans des salles à manger de bois sombre et tapissées en saumon, toute la journée à regarder l'eau des fleurs et à ne même plus trouver le courage de la changer. Comment on a fait toutes les trois pour avoir l'intuition que le garage était le bon choix ? Mystère, nos parents n'allaient jamais voir nos profs, encore moins les conseillers d'orientation, et se contrefichaient des études qui seraient bonnes ou pas pour nous. Ils ne possédaient ni les codes ni les clés du futur.

Toutes trois avions été élevées dans des pavillons sans livres, deux, trois A.-J. Cronin et une collection de *Tout l'univers* sur des étagères de bibliothèques familiales clairsemées et basta. Dehors, des paysages désindustrialisés, le terreau mélancolique des régions d'usines fermées, de mines désaffectées, où la nature avait repris ses droits, herbes hautes, roseaux envahissant à tort et à travers d'anciennes sablières, où s'enlisait parfois une grue immobile, rouillée, abandonnée au bord d'étendues d'eau noire quadrillant des terrains vagues et des marécages sablonneux.

À perte de vue rien qui ait pu prédisposer à la lecture des grands textes.

J'avance une hypothèse. Sans le vœu secret de nos mères, nous aurions épousé des comptables, qui nous auraient fait trois enfants chacune. Les mères nous ont intimé chacune à sa façon des ordres tacites qui nous ont poussées vers la littérature. Ah bon, font Sambre et Rosie, parce que tu appelles ça de la littérature, ce que lisaient nos mères ? Des romans-photos traduits de l'italien, des Arlequin traduits de l'américain ! Je parle de vœux inconscients, nos mères elles-mêmes ne savaient rien de leurs souhaits profonds. Les enfants font toujours ce que les parents veulent secrètement qu'ils fassent. Bien sûr parfois les histoires inconscientes finissent en catastrophe.

Si on est devenues littéraires, toi Sambre, toi Rosie et moi Helga, c'est sur injonction maternelle. Ce sont les histoires que nos mères nous racontaient à leur insu qui nous ont poussées vers les grands textes. Elles ne savaient même pas ce qu'elles nous transmettaient, aucune des trois ne savait.

La mère de Sambre se contentait de lui coudre des robes de princesse, elle cousait non-stop sur sa Singer, rien n'était assez beau pour sa fille unique, la plus belle pour aller danser. S'inspirant des patrons de grande maison de couture, elle s'usait les yeux pour que sa fille soit bien habillée et Sambre avait grandi ainsi avec ses belles robes, ne sachant pas que dans les ourlets des belles robes étaient cousues les belles histoires. Déjà le village de Sambre est un village de conte. Il y a la forêt, la rivière, le chemin qui mène au bois, et au bord du chemin les maisons des bûcherons. Chaque fougère de son village, chaque rayon de soleil oblique sur cette fougère, chaque étang, chaque arbre de la forêt est le même que ceux qui figurent dans les contes. Les parents eux aussi exercent des métiers de conte, père cordonnier, mère couturière, on voit l'illustration à l'ancienne, dans les tons vert sapin, brun épice, le père toc toc avec ses lunettes rondes, en train de taper sur les talons d'une paire de bottines à lacets, le père qui tape et cloute, et la mère qui coud tard le soir, on voit tout, elle, assise devant sa machine, d'une main elle tient le tissu et de l'autre elle suit le mouvement de l'aiguille sur l'étoffe. Lui, porte une sorte de tablier en cuir brun et elle, une robe de lainage. Le père est debout au milieu d'étagères pleines de vieilles chaussures, de morceaux de cuir, de colles, et la mère, assise parmi les coupons de tissu, les bobines de fil, les ciseaux.

Celle de Rosie, l'Italienne, pas le même genre. Elle faisait son cinéma à propos de tout et de rien, de la scène la plus quotidienne, la plus triviale, elle te faisait une scène de film. La façon de crier avant l'école dans la cuisine, que *Mamma mia* ses filles allaient attraper la mort, de les serrer fort dans ses bras avant de les abandonner contre son gré au petit matin d'hiver d'une ville qui était si loin des Pouilles natales. Une tragédienne, une créature née d'un volcan, d'un Stromboli, une Silvana Mangano.

Rosie n'a pas de père officiel, alors forcément à l'école, à la rentrée, la case profession du père, elle sait pas quoi mettre. Alors forcément un jour Gisèle une fille de la classe lance à la volée, Rosie, elle a pas de père. Le soir même, la mère de Rosie prend sa fille par la main, va sonner à la porte de Gisèle et forcément il y a cinéma.

Comment ça, Rosie n'a pas de père, dis-le devant moi, appelle ta mère, dis-le-lui, vas-y ose le répéter, que Rosie n'a pas de père. Elle avait sonné, droite, haute, charbonneuse, un volcan comme jamais, et Gisèle avait ouvert, hébétée, surprise, vas-y, va appeler ta mère, vas-y, dis-lui à ta mère qu'elle n'a pas de père, ma fille. On imagine le périple dans le village lorrain, les noms qui finissent en ange, la vallée qui ne s'éteint jamais, les maisons des ouvriers alignées, toutes les mêmes. La mère qui tenait la fille par la main, non mais je vais lui dire, moi, qui je suis et qui tu es, toi, ma fille, peut-être l'a-t-elle dit en italien ou dans un dialecte des Pouilles, on ne sait pas. La rue des Mésanges le soir, ou la rue des Primevères, peu importe, toutes les mêmes, les maisons toutes pareilles de la rue des Aubépines où les réverbères de la cité jetaient des paquets de lumière d'un orange prolétaire. Et Rosie malgré elle devant la sonnette, la tête dans les épaules, traînée à la main par une maman volcan, et Rosie qui voulait de moins en moins y aller, jamais elle n'aurait dû rapporter la parole de Gisèle, jamais elle n'aurait dû en faire tout un foin, la main était de moins en moins solidaire de celle de la mère, les mains savent toujours ce qui va se passer. Et déjà la maison était en vue, une vraie maison individuelle, pas une d'ouvrier, une jolie avec des volets, un jardinet devant avec des fleurs, un garage avec la voiture dedans, pas comme chez eux, une maison avec un papa et une maman dedans.

Et la mienne, de mère, tout le contraire de celle de Rosie, avec ses silences, tout ce qu'elle ne disait pas, de peur de faire peur, de peur de faire mal, c'est de là qu'était sortie la littérature pour moi. J'ai dû imaginer, inventer, combler le vide des pièces manquantes, de quoi était mort le grand-père, silence, qui était le père de l'autre grand-père, silence, pourquoi il était rentré des tranchées de la guerre de 14 à pied et sans un mot, silence, pourquoi on n'avait pu le soigner de la tuberculose, silence. La littérature, fallait pas chercher de grandes théories, elle était là, dans les ellipses, les vides, les manques. Dans les silences.

Là qu'elle se planquait, la littérature, dans les désirs des mères.

Seule Sambre venait d'une famille francophone. La langue que Rosie a entendue en venant au monde était l'italien, et moi, l'allemand, une sorte d'allemand parlé le long de la frontière franco-allemande. Avoir quitté ma langue maternelle pour l'autre, le français, la belle, la noble langue française, n'est jamais allé de soi. Moralement s'entend.

Je n'ai jamais pu me départir d'un sentiment de trahison. J'ai quitté la pauvre pour la riche, la faible pour la puissante. Un acte de collaboration. Ni plus ni moins. Mais ai-je vraiment choisi ? Je me suis laissé porter par l'injonction tacite de l'école, des études. Nulle circonstance atténuante, la vérité est que j'ai choisi la dominante, la raffinée, et que j'ai laissé tomber l'humble, celle de peu, qui n'avait que quelques centaines de mots pour dire le monde. J'ai préféré la puissante qui dispose de dizaines de milliers, avec toutes sortes de nuances, de connotations, de chatoiements. Et dont je connais la plupart, c'est bien le pire. Je sais par exemple ce que veut dire irénisme ou onomastique. Je n'avais pas besoin de tant de mots. J'aurais très bien pu vivre toute une vie sans. Comment aurait été ma vie avec seulement quelques centaines de mots presque tous liés au corps, car ma langue maternelle est une langue du corps, j'ai faim, j'ai peur, j'aime pas cet homme. Peut-être qu'après tout ces mots auraient suffi pour vivre une vie.

Le français est poseur, il fait des manières, il fait son difficile, au besoin il minaude. L'autre, la maternelle, n'est pas aimable, ni musicale ni délicate. Elle est rugueuse, brute. Granitique, tellurique. Gutturale. Mais bonne fille dans le fond. Elle n'a que des mots concrets pour dire les grandes chaleurs de l'été ou les faims criardes à l'heure du ventre, patate, forêt, boue. Je ne sais pas comment on dit mélancolie ou nonchalance, pas plus que éphémère ou pernicieux. Je ne sais même pas si ma langue dispose de tels mots. Je ne les connais pas en tout cas. Mais la langue maternelle conservera toujours une supériorité sur la française. Quand on en prononce les mots, on ressent instantanément et puissamment la sensation physique.

Quand je dis fourmi, le mot français n'évoque aucun grouillement, aucune multitude infime, laborieuse et ingénieuse. C'est seulement une idée, un concept inoffensif. Au contraire, quand j'entends le mot *èmetzl*, je pourrais presque faire un petit bond en arrière pour éviter un désagrément, tant ce mot grouille et bruisse vers le *z*, tant il est chargé d'un marron mouvant et répugnant. Le mot *èmetzl*, il faut s'en méfier, il peut piquer. Quant à *brunzen*, il signifie littéralement pisser. Bien sûr le mot français sonne fort aussi, ses deux *s* font entendre un bruit de ruissellement, mais celui que fait entendre *brunzen* est beaucoup plus fort encore, plus sonore. Plus inconvenant surtout. L'odeur que dégage *brunzen* est plus âcre que celle qui émane de pisser. Les mots de la langue maternelle sont du réel brut, des choses dégoûtantes, qui donnent faim, qui sentent fort.

Campo résonnait nuit et jour de toutes sortes de chansons de variété, italiennes de préférence, *Lasciatemi cantare, 24 000 baci.* Si l'une de nous trois chantait et dansait en même temps, ça voulait dire qu'elle était amoureuse. Si l'une ou l'autre rentrait, allumait la radio, montait le son à fond et dansait sur le lino de la cuisine sous l'ampoule nue qui pendait du plafond, on avait compris, c'était signe d'une nouvelle histoire. Quand l'histoire se gâtait, on se mettait à écouter des chansons intelligentes, à textes. Quand Sambre dansait, elle touchait à peine terre, ses mouvements étaient déliés, aériens, son corps perdait toute matière, la gravité cédait à la grâce et sous nos yeux Sambre se transformait en esprit. La danse cessait d'être un acte physique, elle devenait pratique chamanique. Campo m'a légué ce rituel. Quand je suis amoureuse, je rentre chez moi, chante et danse dans la cuisine, la radio à fond. La moindre occasion est bonne pour me transformer en esprit.

De nous trois, Rosie était celle qui était toujours plus la plus amoureuse. Les garçons, elle les collectionnait. Elle venait de la cité des Linguettes, dans l'Est. Le vivier de ses amours. Elle disait toujours le type des Linguettes, c'est mon genre. Quand, un jour, elle nous a raconté au petit déjeuner qu'elle était autrefois une jeune fille timide, on a failli s'étouffer avec nos tartines tant on a ri. Pour nous convaincre, elle a dû nous raconter cette histoire de ses quinze ans.

À la cité des Linguettes, Rosie prend tous les soirs à droite pour rentrer chez elle. Sa mère, hélas, habite ce qu'elle appelle la mauvaise partie de la cité. Une banlieue pasteurisée, rangée de pavillons semblables précédés de carrés d'une pelouse mesquine, la reproduction à l'identique de l'habitat ne laisse, selon elle, aucune place à l'événement. Pas comme le côté gauche, vers lequel Rosie lorgne tous les soirs, une géométrie quadrillée de béton et d'asphalte où de grandes barres d'immeubles se perdent dans des perspectives obliques et brumeuses, l'irréel se taille là un bel infini, tout peut arriver.

C'est des Linguettes que sortent tous les garçons dont Rosie est amoureuse depuis la 6e. Ceux aux yeux d'amandes et aux falzars lâches, qui viennent en cours légèrement en retard, traînant leur nonchalance jusqu'au dernier rang, s'assoient, se couchent faudrait-il dire, tant la table aimante l'ovale de leur visage. Souvent sur les oreilles ils portent un casque, ils font barrière au monde, le monde ne passera pas par eux, Anthony, ton casque s'il te plaît, dit la prof, mais Anthony poursuit jusqu'au dernier rang puis, d'un air las, sans un sourire, le prince abdique, pose lentement son casque sur la table, pour autant le monde ne passera pas par lui. Parfois on a la chance qu'ils passent dans notre rang, alors ils nous frôlent, nous rasent et dans le trouble on ne distingue plus leur désinvolture de leur félinité. Tous les ans il y en a au moins un dans sa classe, de ces princes consorts. Ils ne parlent à personne, personne ne leur parle, pas besoin de se retourner, leur présence brûle au fond de la classe, ils ont l'ardeur lascive et muette, ça brûle et pourtant c'est froid. Au fond de la classe ils ne disent rien, ne font rien, n'échangent rien et pourtant leur présence consume notre dos. Ils ne se mélangent pas, ils ont un rang à tenir, on ne les atteint pas, là où ils sont, où qu'ils soient, on veut être.

Des orgueilleux, des ténébreux, il suffit de les regarder marcher.

Depuis la 6e Rosie tombe amoureuse du même type, le type Linguettes, vingt mille lieues au-dessus des terres, les yeux fichés sur un horizon connu d'eux seuls. Un jour, elle ira du côté gauche en sortant du collège et elle comprendra pourquoi les Linguettes fabriquent tant de garçons aussi beaux. Des bêtes sauvages, quand ils marchent on prend un coup dans le flanc et soudain une envie impérieuse de les suivre, là où ils sont on veut être. Dernièrement elle en a encore repéré un, il n'est pas dans sa classe celui-là. Sa silhouette souple, solitaire se détache en sombre sur les vitres caillassées de l'Abribus. À tous les coups il habite les Linguettes. Elle le sait, il prend le bus dans cette direction. Un jour elle a traversé pour voir ce que ça fait de se tenir à un mètre de lui. Les bus qui vont aux Linguettes prennent leur temps pour arriver. Pas une seule fois durant tout ce temps il ne l'a regardée.

Peut-être même ne l'a-t-il pas vue.

Elle a fini par repartir à droite, le côté des transparents, le côté à qui il manque l'essentiel, l'irréalité. Sur le trajet, aux camarades qui l'accompagnent, elle demande si elles connaissent le BG de l'Abribus. Ah Sauvageon, tu veux dire, t'inquiète, nous aussi, on l'a calculé. Elle n'est pas seule sur le coup, elle s'en fout. Une grande fille qui marche devant avec une longue queue-de-cheval dans le dos se retourne et dit, laissez tomber il kiffe que les meufs de dix-huit ans. Rosie suit son chemin.

Elle n'a pas quinze ans, mais le soir elle a une idée.

Elle frappe à la porte de sa grande sœur qui se surnomme elle-même la décrocheuse, du nom que lui a décerné le proviseur du lycée. Sur la porte de la chambre, c'est écrit ceci n'est pas un moulin, ça veut dire il faut frapper. Rapport à la mère, la *mother* comme l'appelle la sœur, qui entrait à tout bout de champ pour lui parler avenir, conseil d'orientation et papiers de Sécu. Depuis une certaine remise à niveau, la *mother* a été déclarée *persona non grata*, plus le droit de franchir le seuil de la chambre et priée de déposer les repas devant la porte.

– C'est qui ? demande la voix de chewing-gum.

– C'est moi.

– Entre, la crevette.

Quand elle pousse la porte, elle voit sa sœur avachie sur son lit, nocturne et vénéneuse comme jamais, en train d'extraire mollement quelques accords de sa guitare sèche. Débardeur kaki sur le torse et triple rang de boucles d'argent sur le lobe de l'oreille gauche, la sœur a depuis quelques mois pour idéal féminin le bidasse punk. Son crâne est coupé en deux, une moitié rasée, l'autre tout en cheveux raides et charbonneux. Avec son œil vif et son nez busqué, elle a le profil acéré et mauvais d'un oiseau de proie. Il faudrait vraiment qu'elle se décide à aérer sa chambre, ça pue la clope ici, pas seulement la clope.

– C'est quoi, le deal ? demande la décrocheuse.

– Ben, je suis venue te demander, enfin, tu vois, je pensais que…

– Accouche !

Rosie finit par lui dire qu'il y a ce gars qui lui a tapé dans l'œil, cette authentique bête sauvage, ce chat, ce jaguar avec ses yeux noirs ourlés et sa démarche élastique et son…

– Abrège, c'est quoi ton blème ?

– Ben, il me regarde pas, il me voit même pas. C'est pas faute d'avoir essayé.

Pénible, après cet aveu, que la décrocheuse ne daigne pas décrocher un traître mot, dans l'air y a que deux, trois accords de guitare qui se battent en duel c'est tout. Puis lentement avec l'index elle fait signe à la petite sœur d'approcher, de se pencher vers elle. Lui chuchote quelques mots à l'oreille qu'elle recouvre de sa main, le geste des très grands secrets. En collant son tympan à la bouche, Rosie aperçoit le tatouage de sa sœur niché dans l'intérieur de son poignet. Le lieu le plus tendre et le plus discret du corps humain, une peau blanche et fine que strient trois petites veines, trois petites rivières bleues qui affleurent en plein blanc, pile dans l'immaculé et la délicatesse. Quand elle voit le tatouage, elle se dit c'est un signe.

Elle le voit rarement. Là, elle vient de le voir.

Lioubov. Je t'aime en russe.

– Ça va pas marcher il va jamais me calculer.

– Fais ce que je te dis.

En fermant la porte de la chambre, Rosie trouve que sa sœur est une piètre pythie, mais bon, aucun plan B.

Le lendemain à la sortie des cours, elle traverse la rue en direction de l'Abribus. Le pas est décidé et l'heure, grave. Elle se plante devant le garçon qui tourne la tête. Jusqu'ici tout marche comme prévu. Il se tourne vers la gauche, elle aussi. Puis il se tourne vers la droite, elle suit aussitôt son mouvement. Elle ne cille pas, ne baisse pas le regard, rien du tout, elle n'en revient pas de ce qu'elle est capable de faire. Elle est en plein dans le vert des yeux de Sauvageon, elle baigne dans de la mousse, de la fougère, l'iris bouge sans cesse, fourmille. Comme dans le texte de ce matin, celui que leur dingo de prof de français leur a donné à lire, j'ai vu ses yeux de fougère s'ouvrir le matin sur un monde où les battements... Exactement ça qu'elle voit à cet instant fougères, matin et battements, on ne peut pas mieux dire. Alors elle se penche sur lui, le premier réflexe du prince est un mouvement de recul.

Puis miracle il se laisse faire, ne jamais oublier que c'est un prince.

Elle se lance et lui souffle
Dans le tympan
Son unique mot.

Le temps des Linguettes est loin pour Rosie. Les garçons maintenant à Campo, elle les collectionne. Du moins avant qu'elle rencontre Anders, l'étudiant en sismologie. Elle a toujours dû travailler pour financer ses études, serveuse, vendeuse, pionne, elle s'use dans les trains et les métros, mais ça n'empêche pas ses yeux noirs de pétiller. La première fois qu'Anders est entré à Campo, on a tout de suite flairé le danger Sambre et moi. Rosie et Anders rient beaucoup, ils se regardent beaucoup, rien n'est comme avec les garçons de passage. Sambre dit d'Anders qu'il a un jardin dans la bouche. Parce que ses dents ne sont pas alignées, qu'elles sont mal plantées. Mais l'expression peut aussi s'entendre au figuré. Ce qui sort de la bouche d'Anders rafraîchit et détend, on se sent comme assis dans un jardin lorsqu'il se met à parler. Mais la plupart du temps on ne peut l'écouter longtemps, ils partent tous deux bras dessus bras dessous dans les rues de Paris, Rosie boucle son imper noir, la flamme au fond des yeux plus flamme que jamais, Anders la suit, ils s'élancent dans les rues, dans les nuits, le chiffre 2 au lieu de leur donner du poids leur donne de la légèreté. Où vont-ils les soirs d'avril bras dessus bras dessous, que se murmurent-ils le long du fleuve ? Les amoureux gardent pour eux leurs secrets chuchotés au bord des fleuves. Campo ne voit pas d'un très bon œil le grand amour. Pas de règlement explicite, mais une règle tacite, imprescriptible, le Jules unique est *persona non grata*. On peut tomber amoureux aussi souvent qu'on veut, mais aimer durablement, ça, jamais de la vie. Dès qu'Anders s'est présenté avec son jardin dans la bouche et son rire dont on a aussitôt compris que c'était une vision du monde, Sambre a laissé paraître des signes d'inquiétude.

De jour en jour Anders prenait plus de place. On l'aurait écouté des heures, il nous appâtait avec la tectonique des plaques. Hélas très vite il se retirait dans la chambre avec Rosie.

Dès que le sismologue a fait son apparition, Campo s'est mis à vaciller. Et Sambre à changer. Je l'ai toujours entendue dire qu'il n'y avait qu'un sentiment qu'elle ne voulait jamais connaître, c'était l'amertume. Avec l'arrivée d'Anders j'avais vu quelque chose se mettre en place chez elle, d'étranger à sa nature. Nul ne savait encore ce qui se tramait à Campo, même pas elle.

En toute logique Sambre n'avait pas à redouter l'amertume. Un jour, je me souviens, une personne lui avait dit qu'elle avait tout pour elle. Elle avait fait mine de ne pas comprendre, alors la personne s'était lancée dans des explications, ça veut dire tout pour réussir sa vie. De bonnes cartes dans la main, des cartes d'amour, de chance, l'as de trèfle, la dame de cœur, je dis ça sans rien y connaître, je ne joue pas aux cartes, des choses que j'imagine à propos des cartes. Alors Sambre avait légèrement relevé son menton et de tout le vert narquois, de tout le vert de chat qu'elle avait au fond des prunelles, elle avait lancé à la personne, pourquoi vouloir réussir sa vie ? Vivre sa vie, c'est ça qui compte.

De l'avis de la plupart des observateurs qui l'ont connue après Campo, Sambre n'avait pas réussi sa vie, quel que soit le sens qu'on donne à cette expression. Quant à savoir si elle avait réussi à vivre sa vie, ça se discutait. Si on admet que l'échec est inhérent à tout programme de vie idéaliste, alors, oui, Sambre avait vécu sa vie. Pleinement vécu sa vie.

Sambre ne va jamais à ses cours de théâtre sans s'apprêter. Ce sont tous les matins deux heures de coiffage et de maquillage devant le grand miroir de l'entrée. Certains matins elle se fait un masque qu'elle laisse posé sur le visage et elle se balade ainsi dans l'appartement en culotte et soutien-gorge avec le visage tout blanc comme une geisha. Le masque est une crème onctueuse, une fois j'y ai mis le doigt. Tiens, vas-y mets-y le doigt et sens, a dit Sambre. C'est une crème à l'onagre, je me suis renseignée c'est une fleur qui s'appelle aussi belle-de-nuit, elle se ferme la nuit.

Puis c'est salon de coiffure. Sambre passe ses cheveux au fer à friser, Venise résiste, mais Venise capitule, Venise ondule. En même temps qu'elle penche la tête et tire sur les mèches avec le fer, elle répète ses répliques. Adieu, Camille, retourne à ton couvent. Je suis accroupie à ses pieds et regarde. De temps en temps elle me dit, arrête de me regarder, tu me déconcentres, mais je n'arrête pas. Puis elle se rend à la penderie, de ses doigts elle écarte les robes, les chemisiers à fleurs, blancs tout simples, à cols ronds, à col Mao, choisit. Quand elle a fini de s'habiller, elle apparaît, je siffle, elle hausse les épaules, Lauren Bacall ou rien, tu sais bien. De l'actrice, elle a les yeux de chat déjà, un bon début. Le maquillage peut commencer, épaisse couche de fond de teint, puis poudre. Et maintenant mon moment préféré, la pose du blush, d'un coup de gros pinceau épais, Sambre brosse ses joues avec une poudre rose-brun, le visage se creuse, la touche finale, relief et mystère. Un coup d'eye-liner et les yeux font la biche. C'est fini, dans l'entrée je me relève, tournoiement, comment peut-on être aussi coquette.

Un jour Sambre ne s'est pas apprêtée alors que c'est jour de cours. C'est bien la première fois qu'elle va au théâtre avec rien sur la peau, rien sur les yeux, ni sur les lèvres. Quelque chose ne va pas, Sambre ? C'est Confiant, la prof, elle ne veut plus que je vienne maquillée, elle me veut comme ça, au naturel, voir ce que j'ai vraiment dans le ventre. Rosie et moi, on l'a vue partir dans le petit matin, le visage blême et le regard éteint. Ce qu'elle avait vraiment dans le ventre.

Cette première sortie au naturel a amorcé un tournant dans la vie de Campo. Les rituels de maquillage-coiffage avaient cessé et comme par hasard peu à peu les murs résonnaient moins de Racine, de Tchekhov et de Koltès. Campo il faut bien le dire avait perdu un peu de son panache, la faute à Confiant. La tendance au théâtre n'était plus au lustre, mais au dénuement.

Cependant les choses devenaient de plus en plus sérieuses entre Rosie et Anders. Il était de mise à Campo qu'on se raconte comment on avait rencontré nos amoureux. Ce qui nous intéressait, c'étaient les débuts des histoires, quelquefois les fins mais jamais les milieux. On faisait toujours l'impasse des milieux. Quand Rosie nous a raconté comment Anders était entré dans sa vie, on a encore plus flairé le danger.

Anders était étudiant en sismologie et Rosie l'avait croisé alors qu'elle vendait des frites dans un camion. Presque aussitôt après leur échange, il lui a fait une proposition. Tu verras, c'est une petite maison au milieu d'un bois près d'une rivière, a-t-il ajouté comme pour adoucir l'abrupt d'une invitation venue un peu trop vite après leur première conversation au camion à frites. Rosie a tout de suite dit oui, sa tendance à récompenser l'audace. Le garçon ne l'intéressait pas et, de toute façon, il était gauche avec les filles. Pas comme les mauvais garçons qui l'attiraient, les petites frappes qui sortaient des Linguettes, qui en avaient sous le pied, bagout et barbaque. Lui, l'étudiant en sismologie, avec son genre solitaire et taciturne, ne devait pas savoir quoi faire avec une fille dans ses bras. Et puis une petite maison près d'une rivière...

Pour se rendre au lieu-dit, elle a pris le train et il est venu la chercher en voiture à la gare. Dans la salle des pas perdus, elle ne le voit pas tout de suite, mais perçoit sa présence, invisible mais dense. Il est dans la gare, mais où ? Soudain le voilà devant elle, surgi d'on ne sait quel pilier, une façon de chat, il pourrait au moins sourire, mais non, pas de sourire, La scène intimide, il manque le texte, Rosie n'a pas l'habitude.

La route rectiligne allonge une procession de platanes. L'ouate verte du printemps entre par intermittence dans la voiture, selon qu'on est sous un arbre ou non. Rosie se cale dans son siège et tourne sa tête vers l'étudiant. Lentement mais de manière qu'il le remarque. Elle détaille le profil busqué et l'ourlet rose de la bouche. Elle se tait et le regarde longuement pour le gêner, elle lui emprunte sa tactique, il ne peut rien faire, il est captif de son volant, sa supériorité à elle. Il ne se démonte pas, il continue de rouler parmi la lumière verte des platanes, le regard rivé à la route et les deux mains au volant.

L'attrait des lèvres, la pulpe rose, la douceur même.

Par la fenêtre il n'entre pas seulement du printemps. La composition de l'air a changé, la lumière, la tiédeur, l'événement a toujours son espace-temps propre. Le bruit du moteur est toujours le même, moelleux, continuel, mais dans la voiture peu à peu paysage et sentiment se confondent, vitesse et battements de cœur, lumière et langueur, saison et inclinaison, au début un petit vertige monte à la tête, puis on laisse aller, la vie est si rarement glorieuse, à cette pensée on abdique toute résistance.

C'est la voiture de tes parents ? C'est encore loin ?

Puis on ne dit plus rien, tout meuble est inutile dans une voiture qui roule le long de grands platanes dans l'ouate flottante du printemps, on est dans le mat, dans l'irrésistible des choses. L'air se charge de particules pailletées, transparentes, un peu acides, un fourmillement qui engourdit tout l'être et le réveille en même temps, on laisse faire et c'est très bien.

Des bois, un étang, encore des bois, le vert est de plus en plus irréel, le printemps est un aquarium. Le sismologue ralentit, la maison est en vue. Un portail ouvre sur un petit jardin, et au bout la maison, vide, silencieuse.

Les maisons longtemps inhabitées ne rendent pas le même son que les autres. Veux-tu un café ? Oui, je veux bien. Tu peux me dire où est ma chambre ? Tout à l'heure, pose ton sac là. D'accord. Ils boivent le café, il lui parle un peu. D'où vient la maison, qui l'a habitée, etc.

Puis le palier, à gauche la salle de bains, à droite la chambre des parents, en face le bureau, la laine épaisse du tapis fait les pas voluptueux, ils s'enfoncent dedans, envie de s'attarder, puis une suite de boiseries, une bibliothèque qui intimide, Rosie ne sait pas comment elle fait pour toujours se retrouver avec des fils de famille, alors que c'est pas son genre. Des centaines de livres, des collections qu'elle a déjà vues, d'autres, non, au bout, sa chambre à lui. Chaque fois la même sensation quand elle entre dans une chambre de garçon.

Un je-ne-sais-quoi de foutraque, d'abandonné. De musqué. De troublant. Et moi au fait, je dors où ?

Il ne répond rien. Au lieu de ça, il s'allonge sur son lit et la regarde droit dans les yeux. Du plat de la main, il tapote le couvre-lit bleu.

Ici, dit-il.

Avec Sambre on avait écouté l'histoire jusqu'au bout. Le début de la fin, on s'est dit. On a eu raison. Peu de temps après, Campo a commencé à tanguer. On avait toujours su comment résoudre l'équation 1 + 1 + 1, mais devant 1 + 1 + 2, on séchait.

Un beau jour Sambre a dit Campo, c'est fini, je pars. Comment ça, tu pars ? Tu pars où ? Je ne sais pas, mais je pars. Et pourquoi tu pars ?

Pas de réponse, puis :

– Vous ne nous imaginiez pas immortelles tout de même ? elle a lancé le menton haut avant de partir d'un éclat de rire et de disparaître dans le domaine du porte-parapluie.

– Il n'y aurait pas eu de Campo, si nous ne nous étions pas crues immortelles ! a aussitôt rétorqué Rosie.

Bien parlé, Rosie.

Mais nulle parole, si puissante fût-elle, ne pouvait s'opposer à l'annonce faite dans le couloir.

Les syllabes de fleur dégoulinaient déjà lamentablement le long du bois du porte-parapluie.

Quelques années plus tard, Rosie et moi avions rencontré Marc, l'ami de Sambre, et lui avions demandé des nouvelles d'elle. Il en avait très peu. Faisait-elle toujours du théâtre ? Non, pas que je sache. Et un petit ami ? Aucun. Alors au moins un bon ami ? Non, il ne m'a pas semblé. Un amant peut-être alors ? Non, personne, pas à ma connaissance et depuis longtemps.

Mordre au travers

Sambre avait disparu. C'était la fin des études et l'expiration du bail de Campo. Je ne laisserai personne dire que l'entrée dans la vie adulte est le plus bel âge. Rosie, Anders et moi nous trouvions devant une falaise de laquelle il fallait sauter. La vie qui nous attendait, chacun devant soi son petit carré de travail, de mari ou de femme, une perspective mesquine sur le néant. Le début de la fin, Sambre l'avait prophétisé. Qu'avait-elle fait au bord de la falaise ? Nul ne pouvait le dire. Rosie, Anders et moi avions sauté. Bien obligés, chassés du paradis foutraque de Campo.

Plus de communauté, chacun habitait dorénavant son enclos de solitude. Rosie et Anders n'échappaient pas à la règle, leur amour n'avait pas résisté aux temps nouveaux. Chacun de son côté tentait de faire souffler encore un peu l'esprit de Campo sur sa nouvelle vie, un fichu goût pour les causes perdues.

Première difficulté, la vie sans modèle. Il faudrait désormais s'inventer soi-même sans la grâce de personne. Sambre avait été mon dernier modèle en date. Étrange, lorsque j'étais accroupie à Campo en train de la regarder se maquiller, que je ne me sois pas rappelé cet épisode de l'enfance. J'étais déjà accroupie et je regardais.

Des tas de métiers me viennent en tête quand je regarde ma camarade de classe. Un jour je l'imagine danseuse classique, un autre jour speakerine et le lendemain hôtesse de l'air, des métiers que j'envisagerais bien pour moi-même. Fluette et délicate, ma copine a le physique de l'emploi. Je l'observe longuement en douce et quand je rentre chez moi, devant le miroir, j'essaie d'attraper son expression et sa grâce. Si je me concentre fort, je vais y arriver. Jusqu'à présent, je n'y suis pas arrivée.

Un jour de vacances, je vais dans sa maison. L'après-midi est pluvieux, on reste à jouer dans la chambre. Elle dit, pouce je vais faire pipi. Je lui demande si je peux l'accompagner.

– Ça va pas la tête ?

– Allez, s'il te plaît !

– Bon, parce que c'est toi.

Elle baisse sa culotte, s'assoit sur la cuvette. Rien ne vient. Accroupie à côté d'elle, j'attends aussi.

Au bout de quelques secondes, elle soupire.

– Ça me bloque qu'on me regarde. Sors.

– Encore un peu steupl ! Fais comme si je n'étais pas là.

Elle finit par faire pipi. Ça fait un bruit de source. Dès qu'elle a fini, elle remonte sa culotte en maugréant.

– Pourquoi t'as voulu assister ?

– Comme ça…

– Je te crois pas. Dis-moi pourquoi.

– Pour rien, je lui dis, l'air songeur.

Mon amie a bien raison de ne pas me croire.

À l'adolescence, mes modèles étaient les actrices italiennes que je voyais au ciné-club tard le soir. Je n'étais plus accroupie mais je regardais toujours, assise sur un canapé cette fois.

Toute ma vie j'ai voulu leur ressembler. De grâce, deux minutes me suffiraient. Une actrice italienne des années cinquante. À la limite, soixante. Quand elles apparaissent, on les gobe.

On est leur peau, leur grain de peau, les pores serrés, fins, on est leurs longs bras nus sous leur robe noire sans manches, on est leur taille qui sinue dans la robe noire, on est le bout de leurs pieds gainés dans des bas de Nylon, et on marche, on marche sans fin dans de beaux appartements milanais ou romains. Et le long des miroirs en bronze, on parle, on parle sans fin d'une belle voix grave, légèrement voilée comme seules en ont les actrices italiennes. La fenêtre est ouverte sur une nuit soie et murmures, une nuit de pluie fine, d'odeurs et de feuilles.

La notte, la notte, une nuit où le monde entier retient son souffle.

Mes modèles me donnaient des raisons de me lever le matin, je bondissais de mon lit, leur ressembler me fournissait un plan d'attaque pour la journée. Elles pouvaient avoir un ascendant sur moi, mais à la condition *sine qua non* qu'elles ne me commandent pas. Je me souviens d'une qui avait essayé de faire la cheffe.

Dès trois heures de l'après-midi, six fois sept je ne sais plus, le lion et le rat je décroche avant la morale. Dès trois heures, je pense à mon arbre. Je rentre à la maison et balance fissa mon cartable dans le couloir. Dans la cuisine je tire un tabouret devant le buffet de Formica, me hisse sur la pointe des pieds et en extrais un paquet brun de Choco BN et un jus de fruits rose que je jette hop ! dans mon petit sac à dos. Une seule idée en tête, filer dans le verger de mes grands-parents.

En repassant par le couloir, je décroche de la patère la paire d'ailes d'hirondelle que ma mère m'a cousue, deux longues bandes de tissu noir et blanc au bout d'un élastique, je les accroche tant bien que mal à mes épaules. Parfois les ailes bringuebalent dans mon dos et l'élastique se décroche, mais pas une seule fois je ne suis allée à mon arbre sans être une hirondelle.

Mon arbre est un cerisier. Quand j'arrive au pied, j'enroule le tronc de mes mains. Les stries de l'écorce, on dirait des cicatrices sur une peau de bête, un éléphant ou un machin comme ça. L'écorce me laisse de la poudre noire sur les mains et aussi un peu sur les jambes, pas grave, ça part au savon. Les plaques vert-de-gris qui se mettent parfois sur l'écorce, je sais comment on les appelle, des lichens, j'aime bien ce mot, ça fait pas français, ça fait inuit. Inuit aussi d'ailleurs j'aime bien, il y a de la neige dedans.

Je grimpe, me hisse, me suspends, puis me mets à califourchon sur la première grosse branche et progresse dans cette position. Les ailes d'hirondelle me gênent pour monter à ma place attitrée, un jour elles sont restées accrochées à une branche, j'ai entendu un bruit de déchirure, pas grave, ma mère les a recousues.

Debout sur une branche bien solide. Mon regard peut faire le tour du village, l'église avec son clocher, la salle des fêtes, l'épicerie, la maison de mon cousin et même celle de mon amie, la grosse, là-bas, avec le toit pentu tout rouge. Enfin, parfois je me demande si mon amie est vraiment une amie. Par exemple eston vraiment une amie quand on veut toujours commander, toujours savoir mieux que nous et qu'on a en permanence un air méprisant au coin de la bouche ? Qu'on hausse les épaules alors que notre amoureux a daigné nous écrire pour la première fois un petit poème même plein de fautes, même griffonné sur un papier de Carambar ? Ce qu'est une amie, j'y réfléchirai plus tard quand j'aurai englouti le contenu de mon sac à dos. Tout là-haut, là où on est proche du ciel, là où on est une hirondelle pour de vrai.

Dans l'arbre, j'ai ma place réservée. Un endroit plat où deux branches se séparent et qui a la forme d'un trône. Mon trône est taillé sur mesure pour moi, pour mes fesses et ma confiance en moi. D'abord les Choco BN, puis le jus de fruits. Toujours dans cet ordre. Je déchire le papier brun du gâteau et le glisse dans mon sac puis grignote le BN, j'attends la couche de chocolat, les deux couches de petits-beurre, je m'en fiche. Puis vient le meilleur, boire à la régalade. Le bruit chatouille la gorge. Dès que le jus rose descend dans le gosier, je me sens reprendre des forces. Quand la bouteille est finie, j'ai toujours envie de pousser un cri de Tarzan mais je ne le fais pas. Au pays de Tarzan il n'y a pas d'hirondelles.

Ça peut commencer.

Je sais où trouver au fond de moi l'expression que je veux avoir sur la bouche et dans le regard. Je pince un peu les lèvres et les yeux en même temps, c'est difficile de faire les deux, mais j'y arrive. Ensuite les phrases sortent toutes seules, mais enfin, dites-moi, Fernande, où aviez-vous la tête ? Vous avez encore oublié de changer l'eau des fleurs ! Combien de fois faut-il vous répéter les choses ? Puis je tourne ostensiblement et lentement ma tête ailleurs en pinçant un peu plus les lèvres et les yeux. J'ai beau plisser les yeux au maximum, je vois encore à travers le feuillage la maison de mon amie.

Enfin, si on peut appeler ça une amie.

On aurait voulu passer une vie entière à étudier auprès de Klein, prendre des notes, faire des recherches, découvrir de nouveaux auteurs. Tant qu'il y aurait un livre réjouissant à lire, on ne pouvait pas mourir.

Anders, lui, avait un métier de sismologue en accord avec ses études tandis que Rosie et moi, avec notre diplôme d'études de littérature, ne pouvions prétendre qu'à la voie de garage. Vous vous souvenez ? On vous l'avait bien dit, etc. Les petits boulots consistaient en rédaction de dossiers de presse, traduction de modes d'emploi, de notices de médicaments. Entre deux missions Rosie était souvent serveuse.

Parfois s'annonçait une traversée du désert économique.

Vivre un moment avec la conscience que c'est le dernier est troublant. Il y aura un avant et un après. Les êtres humains ne sont pas égaux devant le grand saut dans l'inconnu. Je pense me classer dans une frange relativement prête, mais quand même.

Le salon que j'habite depuis cinq ans, je me demande à quoi il ressemblera demain. Celui dont les meubles et les tableaux sont depuis l'origine demeurés en l'état aura disparu d'ici quelques jours. Et pourtant je ne déménage pas. Bientôt mon salon sera vidé de la télé écran plat, du kilim élimé, de la bibliothèque en planches de chêne et du vieux fauteuil voltaire.

La télé écran plat est le seul objet à ne pas être lié à des souvenirs personnels. Encore que je sois injuste. J'y ai vu des films qui ont ensuite infusé dans ma mémoire, le vieux père protestant du Jütland qui appelle son fils parti se promener de nuit dans les dunes, Johannes ! Johannes ! Le prénom retentit de dune en dune, mais de dune en dune le fils reste introuvable. Quant à mon kilim, il me rappelle mon séjour dans la ville turque de Kas. Les fruits de la région ont un goût extraordinaire et quand on mange une pêche là-bas, on comprend qu'on n'en a jamais mangé auparavant, tant le goût turc est inédit, puissant, quand la chair fondante entre en contact avec le palais, un soudain grand bonheur orange fait irruption dans notre corps.

Le fauteuil voltaire qui me venait de ma grand-mère, j'y pense moins pour la bonne raison que je suis souvent assise dessus. Comme le velours était élimé jusqu'à la corde, il a fallu le retapisser. J'avais attendu l'extrême limite, on commençait à voir la trame. Dans les magasins de tissu, j'avais essayé de trouver une teinte proche du vieux rose originel mais je n'en avais pas trouvé l'équivalent. Les roses qu'on me proposait étaient tous fringants, tape-à-l'œil. Je m'étais rabattue sur une autre couleur, un brique qui ne mangeait pas de pain et qui au moins ne susciterait jamais la moindre comparaison avec la couleur d'origine.

Sans son fauteuil la reverrai-je encore devant sa coiffeuse ? Son chignon qu'épingle après épingle elle défaisait tous les soirs devant le miroir s'écroulait ensuite en une longue cascade blanche. Sauf la couleur, elle n'était alors plus si dissemblable de moi-même, qui portais aussi les cheveux longs à l'époque. Le temps d'une nuit, avec sa chevelure lâchée, ma grand-mère ralliait le camp éternel des jeunes filles.

La notification de l'huissier posée sur la table basse mentionnait clairement la bibliothèque sur la liste des objets qu'on allait me retirer. Elle avait été fabriquée par un ami doué de ses mains, mais pauvre et que j'avais payé à l'époque pour le sortir de la dèche. Par bibliothèque l'homme de loi entendait-il seulement le contenant ou aussi le contenu ? Auquel cas il me faudrait renoncer au millier de livres, dont plusieurs m'avaient sauvé la vie. À une période de ma vie, la terre aurait pu s'écrouler, tant que je tenais entre mes mains *L'Opoponax,* de Monique Wittig.

De ma vie je n'avais jamais eu affaire à un huissier. J'ignorais leurs droits et les miens. Viendrait-il avec une camionnette, des déménageurs ?

L'avis de passage de l'huissier ne faisait aucune mention de la photo de l'herbe qui était accrochée sur le mur blanc de mon salon. On avait dû estimer qu'elle ne valait rien, elle n'était pas l'œuvre d'un photographe célèbre, elle m'avait été offerte par un ami. Sur mon marché de l'art personnel et privé, sa cote était inestimable. Elle montrait en gros plan une herbe nocturne, haute, penchée dans le noir. Une humble petite herbe verte dans un halo de nuit. Alentour une paix de préhistoire, d'où montait une invitation muette à se tenir debout jambes nues dans cette herbe, à se rouler dedans. À devenir cette herbe.

De la photo émanait aussi du silence.

Dans cette situation, je cherchais la solution du côté de ma réserve de modèles. Qu'aurait fait à ma place la femme idéale ? Comment aurait réagi Sambre ? Et les actrices italiennes ? Je tournais le problème dans tous les sens et finis par trouver. Appelons l'actrice italienne Monica.

Tous les soirs Monica envoie valdinguer ses habits et ses chaussures et se glisse nue dans les draps. Elle ferme les paupières et attend l'heure religieuse. Yeux fermés égale sensation augmentée. La partie de son corps qui lui donne le plus de plaisir, elle hésite, ventre, pieds, épaules ? La réponse gît au fond du lit, dans la tiédeur, alors elle s'enfonce encore un peu plus dans le drap. Le lin, elle ne savait pas qu'on pouvait dormir dedans.

À son dernier anniversaire, on s'était cotisé pour lui offrir une paire de draps. Elle a ouvert le paquet, feint l'enthousiasme. Des draps en cadeau, franchement... On a insisté, c'est du lin, 100 % lin. Elle est rentrée chez elle avec son paquet et sa déception et n'y a plus pensé. Un jour il a bien fallu déballer la parure.

La couleur s'appelait poudre, drôle de nom, douceur et explosion.

En sentant l'étoffe sous ses doigts, elle s'est d'abord demandé comment on pouvait dormir dans une matière aussi rêche, aussi peu hospitalière aux rêves, la matière mousseuse des nuits. Mais quand le soir elle s'est enfoncée dans le tissu râpeux, miracle. Contre toute attente, après quelques secondes la raideur du lin a envoyé des sensations qui irradiaient du fond du lit, des myriades de particules contraires de brut et de doux, de frais et de tiède. Les milliers de pores devenus réceptacles exultaient en même temps, pieds, ventre, épaules avaient leur content. Une chimie entre deux grains, la peau et l'étoffe. C'était à n'y rien comprendre, le rugueux fabriquait de la douceur.

Le lendemain, quand elle a voulu renouveler l'expérience, la sensation était émoussée. La vague était moins pénétrante, l'effet deuxième jour. Pour retrouver la puissance de la première fois elle a décidé de laver les draps.

En les retirant de la machine à laver, elle a vu les grands pans de lin ressortir abrupts et lourds, comme ployant sous le poids d'un amidon qui leur aurait enlevé toute souplesse. Puis elle les a accrochés à la corde à linge dans la cour de l'immeuble, ils pesaient un âne mort. De la fenêtre, elle a observé avec un peu d'inquiétude les grands volumes qui gonflaient et dégonflaient péniblement au gré du vent tant ils étaient gorgés d'eau lourde. Le soir venu, elle les a décrochés. C'était fichu, elle a pensé. Le tissu était empesé, tout raide. Il ne respirait plus, un mort.

Mais après quelques coups de fer, le lin s'est mis à gonfler, à s'assouplir, traversé d'une haleine tiède. Un second miracle avait eu lieu, le drap respirait à nouveau, il avait ressuscité. Les doigts palpaient maintenant une matière sensitive, frémissante. Le lin n'était plus une étoffe, il était devenu une peau. Changement de règne, le végétal était devenu animal.

Monica ne pourrait désormais plus dormir que dans des draps en lin, en pur lin. Plus question de passer la nuit dans un de ces mélanges synthétiques qui vous balançaient des sensations d'un seul tenant. Son sommeil réclamait du paradoxal, du subtil. Du mouvant. À ce rythme, une paire ne suffirait pas. Elle en a acheté d'autres. Au bout de quelques mois, elle avait constitué une collection de trois paires, aux poudre s'étaient ajoutés des nuage et des fougère. Un achat qui avait coûté une blinde. Le chaman de nuit réclamait des sacrifices.

Un soir, en tirant les rideaux au moment de se coucher, elle a vu une grosse lune blanche à la fenêtre, une grosse face impudique levée derrière l'immeuble d'en face. Pleine lune ou pas, elle s'est déshabillée et a enfoncé tout son corps dans la grotte de lin. Ce soir-là elle dormait dans les nuage. En rabattant le drap sur ses épaules, elle a aperçu, au bout d'un rayon de lune pointé sur la table basse, une enveloppe à fenêtre rectangulaire, barrée de lettres au tampon rouge dernier rappel, le genre de courrier qu'elle prenait soin de ne jamais ouvrir.

Soupir d'aise, rotation lente et ronde sur l'autre flanc, elle a fermé les yeux et s'est donnée corps et âme au lin. Le lendemain elle choisirait les fougère.

Monica m'avait montré la voie. Je décidai de m'en fiche de l'huissier et d'attendre sa venue en profitant des dernières heures dans mon appartement. L'avenir m'avait donné raison, quelques jours plus tard Anders m'avait avancé de l'argent.

Les petits boulots que j'enchaînais n'avaient le plus souvent rien à voir avec la littérature. Quand ils occasionnaient des humiliations, j'enrageais. Je les aurais acceptées dans un cadre que j'aurais considéré comme celui d'un vrai travail.

J'avais trouvé un boulot fixe dans un musée d'art contemporain, un cube parfait aux murs blanc clinique. Je comprenais de moins en moins les consignes qu'on me donnait. J'étais chargée de rédiger des notices biographiques pour les dossiers de presse. On me confiait les photos des œuvres, et aussi des textes sur l'artiste, des publications et des articles sur sa vie, son œuvre. Je moulinais le tout et en tirais ma propre notice. J'essayais de faire au mieux. Je condensais, retenais l'essentiel. Parfois certaines formules me semblaient si bien trouvées que je les citais sans le moindre guillemet. J'usais de formules brèves, acérées.

On me disait, le lecteur n'a pas de temps à perdre, il faut être efficace. Je l'étais, j'éliminais tout détail inutile, toute fioriture, et même métaphore. *Less is more*, on me disait. À la fin, quand il ne restait presque plus rien dans mon texte et qu'on estimait qu'il était prêt, il montait à l'étage chez le chef mais revenait deux jours plus tard avec une mention rageuse en haut à gauche, n'avons-nous donc aucune âme ? Je repêchais dans la corbeille mes métaphores et mes digressions pour remettre de l'humain. Mais trois jours après, la nouvelle version redescendait des étages avec un commentaire toujours aussi rogue, art contemporain + lyrisme = la carpe et le lapin !

À Campo on avait rêvé d'être captureuse de moustiques à Saziley Bé, secrétaire d'écrivain. Ce n'était pas pour nous retrouver aujourd'hui avec des métiers qui n'en étaient pas. Je me souviens d'une conversation dans la cuisine de Campo. Je ne sais plus si c'était à trois ou à quatre, Anders n'avait peut-être pas encore fait son apparition. On avait élu le métier de garde-barrière comme le plus beau et le plus utile métier du monde. Il règle la circulation, empêche les gens d'aller s'écraser contre des trains. Il sauve des vies, et bien plus que ça. Qui avait dit quoi, de Sambre, de Rosie ou de moi, je ne m'en souviens toujours pas.

moi, c'est garde-barrière que j'aurais voulu faire

ce n'est pas parce que les choses n'existent plus qu'elles n'existent pas

je ne crois pas, l'ennui est une occupation comme une autre, parfois même plus prenante

cantonnier aussi on est au bord des choses. On regarde passer, mais garde-barrière, les choses passent plus vite

des métiers où on ne peut pas changer le cours des choses. La contemplation induit l'acceptation

le cantonnier coupe l'herbe donc il change le cours de la vie de l'herbe, mais comme l'herbe repousse sans cesse, finalement lui non plus ne peut rien contre le cours des choses si tu vas par là, le garde-barrière oublie de fermer les barrières et…

il a la maison qui va avec le métier

assez petite, un peu triangulaire, avec un petit toit pointu. Une maison humble. Le ciment rend humble. On ne sait jamais si c'est pimpant ou déprimant, les maisons en ciment

on la voit passer le front collé à la vitre du train, et une histoire nous vient

un potentiel romanesque

le plus souvent aux murs, des roses trémières, des rosiers grimpants, des fleurs assez solitaires. Pas grand-chose. Parfois, sur l'arrière, un petit jardin de rien avec deux, trois giroflées c'est tout. Un potager aussi. Des rangées de choux et de poireaux alignés, un tableau naïf, tu vois

après, on verse dans la sauvagerie, le vague, le grand rien des choses qui n'ont pas vraiment de nom, la maigre flore qui pousse entre les rails, la force qu'il lui faut pour pousser là, dans le vent des voyages. Transformer la pauvreté des sols en jaune solaire, si c'est pas de la résilience, ça

j'allais oublier le linge qui sèche. Pareil, le fil est petit. Avec deux, trois habits, pas plus. Le plus souvent des habits de travail, des combinaisons, des blouses. La famille est réduite, le garde-barrière, sa femme et au maximum un petit enfant. Si le garde-barrière est à la tête d'une famille nombreuse, on a à faire à un père de conte

quand on monte dans un train on ne sait plus si on est vivant ou mort, alors quand on voit une image connue, identifiable, même éphémère, on s'accroche.

Avec Rosie et moi, les employeurs pariaient sur les mauvais chevaux. Ils confondaient littérature et communication, fac de lettres et école de commerce. Les deux filières étaient non seulement éloignées, mais aux antipodes. Malgré tout, on se retrouvait souvent dans des services de communication. Dans la vie de bureau, je souffrais aussi de la façon dont j'étais priée de m'habiller.

Une dizaine de robes, pantalons et chemisiers sont étalés en vrac sur mon lit. Sortis brutalement de la pénombre de la penderie, ils attendent mon verdict dans la cruauté de la lumière de sept heures. Quel habit va-t-elle choisir ? Depuis le temps, ils ont appris à la connaître. Aujourd'hui c'est un jour sans. Elle est de mauvais poil, y a qu'à la regarder.

Depuis quelque temps je ne sais plus quoi me mettre sur le dos pour aller au bureau. Aucun vêtement ne va. La robe beige, trop dadame, la verte a l'air tarte avec son col idiot, col Claudine, appellation impropre à mes yeux, l'écrivain Colette était dotée d'une liberté piquante. La rouge alors ? Désolée, il faut être passionnée pour porter du rouge, amoureuse, ardente, bandante. Et moi ? Et moi quoi ? Et moi je suis indolente. Il me faudrait la couleur de la mauvaise humeur ce matin, le pavillon maussade du lever du pied gauche.

Dans l'étalage de fringues molles le découragement joue à saute-mouton du pantalon à rayures à la blouse en popeline. Tout à coup je pense à ma robe préférée quand j'avais treize ans, une robe tablier en éponge blanche avec des étoiles de mer bleu roi sur le devant. Je l'aimais tellement que les matins d'été je bondissais hors du lit, réjouie par la seule perspective de l'enfiler. Je la portais tous les jours, la lavais, la faisais sécher et la remettais le lendemain matin. Ma peau vivait dans l'impatience de la retrouver. Je l'ai portée longtemps, des années durant. J'aurais voulu la mettre jusqu'à la dernière usure du dernier fil de coton. Que deviennent les vieilles robes qu'on a tant aimées ?

Voilà ce qu'il me faudrait ce matin, une bonne vieille robe en éponge avec des étoiles de mer bleues sur le devant. Au lieu de ça je dois choisir dans un amas de vêtements mous et las, je dois plonger dans l'indésirable.

Parfois je pose quelques jours de congé dans une région que je prends soin de choisir parmi les très peu touristiques. Pour faire ce que j'ai à y faire il me faut un coin pas aimable, sans cartes postales. J'ai réservé une chambre dans un hôtel basique qui donne sur un parking. Dès que la clé a ouvert la porte, la chambre m'a tout de suite plu, elle n'a aucun charme, exactement ce qu'il me faut. Un papier peint on ne peut plus neutre, des meubles passe-partout, mais la propreté ne laisse pas à désirer. Parfait, parfait. Je n'ai parlé à personne de mon séjour et j'ai coupé mon téléphone dès le soir de mon arrivée à l'hôtel.

Le lendemain à mon réveil, je soulève le rideau de la fenêtre et vois le ciel chargé de nuages. Cette perspective météorologique me réjouit. Mon programme s'accommoderait mal d'un beau fixe. À peine je mets un pied à terre que je sens déjà une dilatation dans le ventre, à l'idée de la journée qui m'attend. Avant toute chose, une douche. Un signe chez moi, quand je chante. Et quand je chante *Coucouroucoucou*, le signe est encore plus fort. J'aime particulièrement le passage où la voix s'arrête sur le deuxième *a* de *cantaaaaabaaa*. Je le fais bien, je l'ai toujours bien fait, le deuxième *a*. *Cantaaaaaabaaa*.

Devant la glace de la salle de bains, tiens, je vois les racines qui apparaissent sur le haut du crâne. *Dirty blond*, elle appelle ça Madonna. Ça me plaît bien *dirty blond*. Mes cheveux sont n'importe comment devant mon visage, j'aime bien aussi, ça me donne un petit air de garce. Tout sauf ces visages versaillais avec qui je suis obligée de composer toute la sainte journée. De mon visage non maquillé, de ma peau nue, de mes yeux petits et légèrement cernés, je suis ravie aussi. Les visages apprêtés et fardés sont ceux de tout le monde, le fard étouffe la peau et l'émotion.

Ainsi je ne ressemble à personne.

Ah maintenant l'un des meilleurs moments de la journée. Je m'accroupis sur la moquette, ouvre en grand ma valise qui regorge de vêtements. Je les sors avec amour et les place avec délicatesse sur le lit. Il y a là une robe en laine couleur camel déformée par les ports successifs et dont les grosses roses imprimées ne sont plus que des fantômes de fleurs, un immense pantalon vieux rose dont le velours est par endroits râpé jusqu'à la trame et enfin un pull marin rayé XXL avec un trou aux coudes. Si je choisis le vieux pantalon et le pull troué, je pourrai ressembler à Baerenthal, l'aristocrate de mon bureau qui balade sa nonchalance dans les couloirs de l'étage avec son chien dépenaillé et ses shetlands à trous. Après chacun de ses passages, il laisse derrière lui des effluves, pas seulement la fumée de ses Dunhill, mais aussi l'odeur de ses vêtements, un vague moisi mais que tout le monde hume et aime, même que parfois les gens sortent de leur bureau rien que pour la humer et l'aimer. L'odeur de champignon des pulls à trous nous transporte entre les murs humides du vieux château que Baerenthal possède dans le Cotentin. Les chiens et les cigarettes sont interdits depuis belle lurette au bureau mais personne n'ose rien lui dire à Baerenthal, tant il a une classe folle. Même le chef s'écrase, comme les autres il sort de son bureau, se tient deux minutes à la porte pour aimer et humer l'odeur de fermentation mêlée à celle du tabac blond, fait une drôle de tête au passage de Baerenthal, mais ne dit rien et rentre de nouveau pour s'asseoir à sa chaise et retrouver ses dossiers. Tant pis pour le règlement rapport au clébard et à la clope.

Une idée me traverse, fulgurante, géniale. Et si pour une fois je ne choisissais pas ? Si je mettais tout, la robe à fleurs déformée sur le bon vieux pantalon en velours rose et par-dessus tout le pull marin rayé à trous ? Essayons ! J'essaie. Je me regarde dans la glace.

C'est parfait, parfait.

Je ne connais pas de plus grande liberté que d'être habillée n'importe comment avec de vieux habits flottants, usés et mous qu'on traîne depuis des lustres et qu'on ne jetterait pour rien au monde. Tout est seyant, tout est confortable, et on se lance tout cru dans le jour neuf avec dans les veines la ressource de dire merde à la terre entière.

Dans notre nouvelle vie, la grande affaire était l'amour. Mais l'amour exclusif qu'on pratiquait maintenant était bien plus épineux que les amours multiples encouragées à Campo. La légèreté si salutaire pour relativiser, remiser, remixer et rejouer n'avait plus cours. Anders, séparé de Rosie peu de temps après le départ de Campo, avait été la première victime de l'ère de la gravité. Il avait rencontré une femme et voulait l'épouser. Ses origines le déterminaient-elles ? Sans doute. Il avait insisté pour nous présenter l'élue. Pourquoi pas ? Quand la femme a paru devant nous, on a pu mesurer à cette aune la disparition à tout jamais de l'esprit de Campo. La description qui suit est lapidaire. Définitive et sans doute méchante, la vérité est rarement aimable. L'élue était grise et terne. En un mot, elle ne laissait pas passer la lumière. Il n'y avait rien d'autre à dire d'elle. Comme elle n'appelait aucune comparaison avec un paysage, un tableau ou une note de musique, on se contentera de cette unique ligne, quand d'autres en appellent des centaines et des centaines sans que l'ultime je-ne-sais-quoi qui fonde leur mystère soit jamais levé. Si Rosie avait fait ce portrait, on aurait pu le mettre sur le compte d'un reste de jalousie, mais c'est moi et seulement moi, Helga, qui ai expédié ce portrait en une ligne. La présentation de la Reine, où Rosie et moi avions gardé d'un bout à l'autre un silence gêné, avait enterré Campo pour de bon. Second trait de méchanceté, je ne me donne pas la peine de chercher un prénom à cette femme, elle n'a pas assez imprégné ma conscience. Anders qui avait un jardin dans la bouche, Anders capable de parler des heures et des heures de la fosse des Mariannes et de Nausicaa dans sa grotte, et maintenant cette femme qui n'évoquait ni tableau ni paysage.

Le mariage avait duré mais dans l'ennui, comme beaucoup de mariages qui durent. Au fil des mois Anders revenait nous voir certains soirs. Et comme au temps de Campo, les confidences reprenaient. Parfois intimes, fait rare chez un homme, mais Anders n'a-t-il pas un jardin dans la bouche ?

Si encore je me contentais de ne plus aimer ma femme, ça irait. Le pire est que je ne la désire plus. C'est tous les soirs des contorsions à n'en plus finir pour ne pas me coucher en même temps qu'elle. Je dois m'endormir tôt car demain je me lève dès potron-minet. Ne m'attends pas, il y a ce documentaire dont je t'ai parlé, tu te souviens ? Il passe tard, surtout ne m'attends pas. Un jour ou l'autre je finis toujours par être à bout de ressources. Alors ce qui doit arriver arrive.

Nous sommes couchés l'un à côté de l'autre dans le noir, à un certain silence je sais qu'elle va attendre que je passe à l'acte. Toujours dans cet ordre, d'abord le silence, puis une certaine respiration. Le problème est que la phase deux, la certaine respiration, n'adviendra pas. Que faire ? Je ne sais pas bien pourquoi, je ne comprends jamais comment les pensées me viennent, d'où elles surgissent, quel chemin elles empruntent, je pense à l'expression devoir conjugal et je suis saisi d'un fou rire qui ne me lâche plus. En attendant, ma femme doit être vexée car elle s'est retournée et fait semblant de dormir. Comment un simple rire est capable de flinguer un désir en plein vol.

Parfois Anders était bien près de la rupture. Mais à cause de son éducation, il ne pouvait quitter une femme aussi facilement que Rosie et moi, un homme. Parfois il faisait une tentative qu'il nous racontait.

J'ouvre le tiroir de mon bureau, en sors une des feuilles de mon beau papier à lettres vélin. Je passe doucement la main dessus, en apprécie la couleur ivoire et le grain velouté. Un frisson furtif me parcourt quand je pense à l'étymologie, vélin vient de velot, veau mort-né. J'ai beaucoup pesé ma décision, j'ai beaucoup réfléchi au mode opératoire. Et j'ai opté pour l'écriture, une voie noble qui laissera peu de prise à l'hystérie de mon épouse. Tout ce qu'elle pourra faire en lisant ces lignes, c'est déchirer la feuille en mille morceaux, la balancer par terre, la piétiner de ses bottes en daim ou au choix la jeter d'un geste rageur dans la cheminée suspendue du salon. Du moins n'en serai-je pas témoin.

Je commence, ma chérie, tu sais combien mon amour a toujours été. Je m'arrête, ne trouve pas l'adjectif. Je supprime le été. De toute façon je n'aime ni les adjectifs ni les participes passés, des maillons faibles de la langue. Faibles, mais aussi faciles. Inertes, attentistes. Moi, ce qu'il me faut c'est du verbe, le nerf de la langue, l'élément mâle qui donne rythme et vitesse à la phrase. Ma chérie, tu sais combien mon amour a toujours. Cette fois, c'est le verbe qui manque, j'ai beau chercher, l'élément mâle de la phrase ne vient pas davantage que le femelle. Quel verbe pourra dire sans vraiment dire la légère répulsion que j'éprouve la nuit auprès du corps de ma femme, certes enrobé d'une chemise de nuit blanche avec un nœud de satin, mais quand même dessous le corps de ma femme, le corps de ma femme qui me terrorise davantage de jour en jour ? Bien malin celui qui est capable de lui souffler ce verbe de la langue française à même de dire tout en ne disant pas. Assis bien droit à mon bureau, le dos plaqué au dossier de la chaise, je réfléchis, mais ne trouve pas.

Un pétale se détache du bouquet de tulipes posé sur mon bureau. Ça fait un beau bruit. Un bruit que je n'ai encore jamais entendu. Ce son mat, sourd, que fait le pétale de tulipe en tombant, je le qualifierais de blanc. Je n'ai pas trouvé l'adjectif pour écrire à ma femme mais j'ai trouvé celui pour le pétale de tulipe. Lentement, je saisis la feuille de papier vélin, la roule en boule et l'écrase dans ma main droite.

De mon côté, le fiancé unique n'allait pas de soi non plus. Souvent je m'attachais, j'attendais réciprocité et élan qui parfois ne venaient pas. Alors je passais mon temps à attendre des coups de fil.

Après tout, il ne me doit rien. On ne doit jamais rien à personne. J'aimerais être cynique, je ne le suis pas. Je dois aux gens et les gens me doivent, la réciprocité, une morale d'un autre siècle, mes parents pensaient bien faire. Il avait dit je t'appelle vers vingt et une heures, déjà une heure de retard. Oubli ? On oublie rarement ce à quoi on tient. Contretemps ? Le mot ressemble à contrefout. Ce doit être la raison, il s'en contrefout. Quel beau mot, naît dans le noir de la gorge, se renforce dans la pénombre du palais et meurt en plein dans le rose sur le bord des lèvres, un sans-faute sonore et chromatique.

Je demeure à côté du téléphone, ne veux pas m'en éloigner de peur de. Je t'appelle vers vingt et une heures. Moi, quand je dis, je fais. Mais moi, je suis exemplaire, pas sûr d'ailleurs que l'exemplarité soit sexy. Seule la désinvolture qu'on avait à Campo l'est, seule elle vous fait ressembler à une reine. Ne rien demander, ne rien attendre. Pour toutes les sagesses du monde, la clé. Mais tant qu'il nous reste une once de jeunesse dans les veines, on ne veut pas de clé, on désire, on attend.

Puisque j'ai envie et que le temps semble long, autant appeler. Indifférence feinte ou sincérité, stratégie ou non, j'ai le choix. À terme la vérité est toujours le meilleur pari. Et si c'est ma pente, pourquoi ne pas la suivre ? Les doigts déjà sur les touches du téléphone, je me ravise. Il va croire que je devance son désir, que je désire à sa place. Ou simplement que je l'attends. Mieux vaut ne pas donner une impression, cultiver l'énigme. En toutes circonstances rester un mystère, la supériorité définitive de l'inclassable.

Et faire autre chose en attendant, tiens, je pourrais prendre un bain, c'est l'heure, ou choisir un film et le regarder ou alors fumer bêtement devant la fenêtre, pour le seul plaisir de fumer bêtement devant une fenêtre. Quand on y pense, il y a plein de choses à faire en attendant. Ne pas dire en attendant, même pas au sens galvaudé, l'expression a été vidée de son sens, de son sang allais-je dire, l'usage est une sangsue.

Je tranche : ce sera film. Je glisse le DVD dans l'appareil, me laisse happer par les premières images. L'image noir et blanc donne aux lignes du visage des acteurs une lumière, une acuité, une puissance d'expression et surtout une vérité dont on a perdu l'habitude, le cinéma devenu une bouillie de couleurs de laquelle la vérité ne se détache plus. Le noir et blanc ne révèle pas seulement les visages, mais aussi les trottoirs, les rues, les branches des arbres et même les fenêtres. Au bout de dix minutes je consulte de nouveau l'heure. Je baisse le son et dois tendre l'oreille pour réussir à suivre la conversation des personnages.

Que je le veuille ou non, j'attends.

Quand, à quinze ans, j'attendais mon premier petit ami, la clé, je l'avais.

Les cuisines d'été sont les endroits du monde où on est le plus heureux.

Le rideau à bandes multicolores de l'entrée empêche l'intrus, mouche ou temps, de pénétrer. Rouge, noir, bleu, orange, jaune, les lanières de plastique longues jusqu'aux tommettes se fichent mollement de tout, dans l'après-midi indolent on s'en balance. Tous les ans en août dans la cuisine d'été de ma grand-mère, c'est la même histoire, à trois heures de l'après-midi le temps s'arrête, l'air se fige.

À l'intérieur en short et chemisette à petits motifs je me fais les ongles des doigts de pied. Orteils écartés, je pose une deuxième couche de vernis sur la première déjà sèche. Je me peins l'ongle, soin et conscience, toujours dans le même sens, un mouvement onctueux. Le fuchsia rutilant fait un peu trop riche, je trouve. Pas mal pourtant, la couleur, mais j'aurais dû prendre un ton en dessous. Si c'était à refaire, oh et puis zut ça ira comme ça, ce qui est fait est fait, dossier classé. Du coup avec tout ça j'ai un peu dépassé sur le dernier orteil, il y en a sur la peau, une petite zébrure à gauche de l'ongle, c'est rien. Pour faire sécher, je m'allonge sur le sofa et me mets les jambes en l'air à la verticale contre le mur. Mes cuisses sont déjà un peu hâlées, mais pas assez, je les voudrais bronzées.

C'est long, ce séchage, pour faire passer le temps je sifflote une chanson à la con. L'horloge Lip avec ses grosses aiguilles noires indique quinze heures dix. Ma préférée, la trotteuse, on se connaît depuis un bail toutes les deux, déjà quand j'étais petite, c'est elle que je regardais. Mon petit ami a dit trois heures pétantes. Dix-huit ans depuis le 13 mai dernier et déjà le permis. J'emprunterai la DS de collection du daron, il a dit, je t'emmènerai faire un tour, beauté, il l'a même dit en italien le salopiot, je t'emmènerai faire un tour, *bellezza*. On lui entrerait volontiers dans la bouche, à ce mot, *bellezza*. À cause du mot je m'étais sentie obligée de m'acheter du vernis à ongles. Une beauté avec les pieds pas faits n'est pas vraiment une beauté. Tiens-toi prête ! il m'a dit. Comme la dernière fois, il m'ouvrira la portière arrière et dès qu'il démarrera, je sentirai la suspension de la DS me remplir le plexus, cette petite raclure en connaissait un rayon question plexus.

Quinze heures vingt, le vernis est enfin sec, d'un bond je me lève du canapé pour aller surveiller la confiture. Le simple bruit du couvercle soulevé, une moue qui veut dire on sait pas quoi et l'aïeule ouvre un œil, un seul, mais mauvais, mais noir, elle a pas l'air d'apprécier qu'on trouve à redire à ce qu'elle a mitonné, mais elle referme aussitôt l'œil unique sur le néant de l'après-midi, elle comate ou quoi. Dans la grosse marmite en alu, la confiture clapote, royale dans son violet de sacerdoce. Sur le fauteuil à bascule l'aïeule rassérénée peut de nouveau s'assoupir, les paupières lourdement closes, la respiration sonore. La tête pend sur la poitrine, torpeur et résignation. Avant sa sieste, elle a préparé les bocaux de confiture vides et les a tous alignés sur la table et maintenant ils attendent d'être remplis, une ribambelle de toutes les tailles à attendre que la confiture veuille bien prendre.

Pas le moindre bruit de DS à l'horizon, pas le plus petit ronflement de moteur. Je t'en ficherai de la *bellezza*, moi ! Je regarde mes pieds. S'il vient, si jamais il a le malheur de venir, je ne daignerai même pas sortir, t'as qu'à croire, je vais lui tenir la dragée haute à ce blanc-bec qui se sent plus juste parce qu'il vient d'avoir dix-huit ans ! Je t'en ficherai, moi, du permis !

Seul un vrombissement énervé de guêpe qui fourrage dans le massif de groseilles se fait entendre. Mais voilà qu'à travers les bandes multicolores du rideau antimouche montent des notes de musique et des paroles d'une chanson familière.

Ton style, c'est ton cul.

Elle a raison cette chanson, des tentatives de définition du style, on peut toujours en chercher mais aucune mieux sentie que celle-ci. Ni une ni deux je me lève et danse, Ton style c'est ton cul, sur la pointe des pieds je mate les inutiles pétales fuchsia fleuris au bout de mes orteils. M'en fiche des ongles vernis, m'en fiche de lui, de son permis et de son daron. L'aïeule ouvre de nouveau un œil, est-ce possible ? Oui, on dirait bien. Quand il m'a vue danser, l'unique œil ouvert a souri.

Dans l'amour exclusif, on ne se contente pas d'attendre, on souffre. L'un finit toujours par quitter l'autre, et comme l'un est le seul amour de l'autre, l'autre n'a plus de ressource. Il arrive que celui qui quitte soit aussi malheureux que celui qui est quitté.

Quand j'ai quitté mon dernier fiancé, deux choses ont continué de me manquer des mois entiers. Le problème est que je tiens pour essentielles ces deux choses. D'abord mes nuits avec lui. Je ne savais pas que dormir auprès de quelqu'un qu'on aime peut rendre aussi heureux. La tiédeur confuse des corps et des draps, les mouvements hasardeux des membres dans la nuit, et tout à coup, dans les plis d'aube buter sur de l'infiniment doux, de la peau humaine, le miracle de la peau humaine, l'organe le plus soyeux de la création, mais nom de Dieu d'où peut bien venir cette douceur ? Je revois les pores serrés, fins, de son avant-bras et de sa nuque, voir cette peau, c'est déjà la toucher. Plusieurs fois par jour je pense à l'effleurement fortuit de nos corps au fond des draps, le vivier tiède, bienfaisant du corps de l'autre par petits bouts. Et au matin le réveil ébloui au monde. Passer ensemble les premières minutes du jour, des minutes hagardes, ensommeillés, à ne rien comprendre encore au monde, vivre avec un autre l'origine confuse, alors que derrière la fenêtre de la chambre, la vie se remet en place, le front rose de l'aube.

La seconde chose est les bains pris en commun dans la petite baignoire sabot. Nous étions tous les deux assis dans l'eau, chaude au début, presque froide à la fin, tant nous faisions durer. J'étais assise de dos, lui derrière moi, le bus de l'éternité. Presque toujours il saisissait l'éponge et me la passait sur le dos. Il prenait son temps, l'éponge savonneuse décrivait de lentes courbes molles depuis les omoplates jusqu'aux reins. Suspendus dans l'haleine moite du bain, nous passions de longs moments indolents, assistant sans un mot à la progressive dilution du réel, la grande liquidation de tout où peu à peu nous-mêmes disparaissions. Nous nous tenions là au bord des choses, flottants et indécis comme des fœtus, il n'y avait plus que le silence humide, la buée irréelle et les intemporelles courbes de l'éponge. Parfois on entendait le clapotis d'une main qui retombait sans conviction dans le bain tiédi. Alors l'eau se métamorphosait, la transparence du début se troublait d'imperceptibles particules de savon et de squames de peaux qui remontaient du fond, à l'image de nos esprits qui eux aussi peu à peu s'altéraient et, perdant toute clairvoyance, faisaient remonter des tréfonds des éléments troubles. Quant à nos mains, elles finissaient toujours par ressembler à celles des hommes d'Église, blanches et récurées, labourées de petites stries.

Dans nos chagrins parfois les autres nous consolent sans le savoir en nous racontant des histoires qui n'ont rien à voir avec notre chagrin. Anders à qui je confiais ma peine d'amour était loin de se douter que son histoire m'aiderait à tourner la page de l'amour exclusif.

À son travail Anders apprécie la pause de midi au parc floral tout proche. Il y va souvent avec son collègue sismologue. Il retrouve la surface de la terre, si calme, si continuelle, donnant l'illusion que tout tient, que rien ne bouge. Une illusion, il le sait, lui qui passe son temps à fouiller les profondeurs des plaques tectoniques, des entrailles qui sans cesse glissent, se fissurent, s'effondrent. La vérité est que rien ne tient nulle part, et que tout bouge en permanence.

Au parc floral la ville élargit l'orbe de l'horizon, le brouillage des frontières est tel qu'on se sent à la fois sur terre et au ciel. La saison préférée des deux sismologues est la fin de l'été, encore une douceur mais déjà une tristesse. Tous deux trouvent que les fleurs de septembre la ramènent moins que celles de mai-juin. Les dahlias ont beau avoir la forme d'un soleil, ils sont moins solaires que les glorieux iris et rhododendrons.

Dommage, on est au printemps. Une saison qui n'offre pas de vraie coupure avec leur travail. La saison du risque. Le parc a ses chaleurs, assailli par des nuées d'hormones souterraines, de sucs invisibles, subversifs, qui montent de la terre, de l'herbe, descendent des arbres, circulent, l'air devient sournois. Comment se reposer au milieu de ces flux de sèves inédites, parfois humbles, artisanales, mais qui toutes montent à la tête ?

De ses pensées Anders ne souffle mot à son collègue. Il hausserait les épaules, mon vieux qu'est-ce que tu te peux te raconter comme histoires, tu te fais des films à propos de tout, la vérité est que la nature fait ce qu'elle a à faire, elle fait germer, fructifier, puis se calme, se repose et repart au taf l'année d'après. Elle ne fait pas de sentiment, elle ! L'un croit aux histoires, l'autre pas.

Arrivés sur une grande pelouse où ils sont seuls, tous deux s'arrêtent soudain. Plus précisément quelque chose les arrête. Si toutefois on peut qualifier une odeur de chose. Rien n'est moins sûr. Une odeur est immatérielle, mais perceptible aux sens, alors où la classer ? L'effluve est puissant, âcre, l'assaut est massif, pas seulement la narine, tout l'être. Ça ne sent ni bon, ni mauvais, mais ça sent, ça sent fort. La Javel, le poisson, le miel, mais alors le vrai, le râpeux celui qui vient droit de l'organe des fleurs. L'odeur dérange la conversation des deux collègues, silence gêné, après tout ils ne se connaissent pas si bien que ça. Pas assez en tout cas pour partager des événements aussi intimes. Ils le savent, l'innocence de la jeune herbe tendre et des nouvelles feuilles encore humides n'est plus qu'un leurre, maintenant que l'air de juin sent ce remugle granuleux, un peu dégoûtant et pourtant familier. On ne peut tout de même pas faire comme si le frottement inconvenant de molécules n'existait pas, comme s'ils n'étaient pas soudain pris dans une nasse qui les indispose.

Anders le premier brise le silence, tu trouves pas que ça sent le...

Aussitôt son ami le coupe, oui, moi aussi je trouve, ça sent le foutre. Les deux partent à la recherche de l'émetteur d'odeur, ils le débusquent vite, aucun mérite il suffit de suivre l'effluve comme on remonte un cours d'eau jusqu'à la source. Le coupable, un arbuste comme un autre, un jeune arbuste de rien avec des bourgeons d'un jaune duveteux, ils n'en connaissent pas le nom, ils n'y connaissent rien à la botanique, ils sont sismologues.

Ils lui ont tout de suite trouvé un nom, l'arbre à foutre.

Comme chacun sait, la vie matérielle recèle un lot de tracas renouvelés de jour en jour. Dans ma nouvelle vie, je devais non seulement m'entendre avec des humains mais aussi avec des machines.

Je manque de sang-froid, je résiste mal au stress. Très vite il me submerge. De cette faiblesse mon entourage essuie les plâtres. Quand je dis entourage, j'inclus les machines. Je les déteste et elles me le rendent bien. Surtout les contemporaines, et dans cette catégorie, mon ordinateur en premier lieu. Il n'est pas seulement un outil de travail, il en est la condition *sine qua non*. Une panne et ma vie professionnelle s'arrête. Il a sur moi un pouvoir que j'ai réussi à retirer à la quasi-totalité des humains, mais pas à lui. Il est un ennemi quotidien, supérieur et invincible, avec lequel je suis forcée de composer. De collaborer. Pas le choix.

De plus, il provoque chez moi une anxiété qu'aucun être humain ne sera jamais capable de provoquer. Il contient tant et tant de messages non lus que mon stress n'en finit pas d'être alimenté. Tous les jours il en arrive d'autres, les anciens sont alors enfouis sous les nouveaux et la source anxiogène peut couler toute la journée, de plus en plus drue, même la nuit, ça n'arrête pas.

Pour l'avoir déjà expérimenté, je sais qu'une simple panne peut me plonger dans des états seconds et qu'un appel à l'assistance téléphonique finit systématiquement mal. Avant de contacter le technicien, je me prépare à garder mon sang-froid quoi qu'il advienne. Les grandes victoires sont avant tout mentales. Je prends une longue inspiration, me mets en condition, j'anticipe un mauvais quart d'heure. Façon de parler, la dernière fois l'appel a duré trois heures et demie. Les techniciens ont souvent des accents étrangers, pour rester détendue, j'essaie de deviner leur origine et de me promener en pensée dans les paysages qui les ont fondés. Je ne comprends pas toujours leurs phrases, parfois je fais semblant mais au bout d'un moment ma stratégie s'épuise. Alors je dois leur dire avec tact ces mots pourtant simples, je n'ai pas compris. Ma diplomatie n'est pas toujours récompensée, souvent en plein milieu d'une manipulation délicate j'entends, on vous rappelle madame. Certains ont du mal avec les *r*. Je n'ai pas le temps de protester, l'agent m'a déjà coupé la chique, il m'a raccroché au nez. Cependant, quelques minutes plus tard, il rappelle, le technicien tient toujours promesse, il faut le reconnaître. Je reprends espoir et patience. Mais comme l'ordinateur plante de nouveau, mes nerfs lâchent. Je commence à crier sur mon écran, à l'insulter, à lui dire que rien ne m'étonnera jamais venant de lui, qu'il n'est pas à un coup pendable près, etc. Je me retiens de le frapper, je mesure la violence qu'il y a en moi, originelle, immémoriale, qui ne demande qu'à sortir à la moindre occasion. Armée d'un gourdin, je quitte la grotte préhistorique, dehors un fauve m'attend pour traiter. À l'autre bout du fil j'entends le technicien, arrêtez madame ! c'est que votre mauvaise humeur qui plante la machine !

Manifestement je ne suis pas la seule animiste ici...

On n'est pas égaux devant la vie matérielle. Certains s'en sortent par le haut. Rosie par exemple a des ressources, elle a le don en pleine adversité de faire advenir des épiphanies.

Après une longue période de chômage, elle a décroché un stage de réinsertion dans une brigade de cuisine. Le temps du chômage était long et mou, celui de la brigade, rapide et tranchant. Ordres secs et brefs, allées et venues incessantes, passages de plateaux en péril à la vitesse de l'éclair et, à tout bout de champ, claquements de la porte saloon. Mot d'ordre général : chaud devant.

Encadrée par le chef pâtissier, elle a en charge les desserts. Au menu du jour, tarte aux quetsches. Drôle de nom, il fond sous la langue et se dégonfle comme un pneu mauve vers la fin, tsch… Le chef lui en apporte un pot plein. Tiens, coupe-les ! Mais attention hein, dans ma région, quetsche, ça veut dire aussi… tu devines quoi ! Lui faisant un clin d'œil appuyé, il rit puis tourne les talons. Intriguée, Rosie observe le fruit de près, oblongue, ovale comme un ballon de rugby d'un beau violet-noir, la peau lisse, nappée d'une légère couche de givre on dirait, elle se demande comment ça peut ressembler à ce que le chef a dit. Pff, elle trouve pas ! Elle saisit un couteau, coupe le fruit en quatre et l'amande du noyau jaillit, engluée dans un reste de pulpe. Bientôt la chair ocre des fruits lui poisse les doigts. Le chef passe derrière elle en coup de vent et lui dépose deux moules avec de la pâte sablée.

– T'as plus qu'à les placer dans les moules.

– Comment je les place, chef ?

– Je m'en fiche. Pourvu que ce soit joli…

Comment va-t-elle faire ? C'était quand la dernière fois qu'on lui a demandé de faire un truc joli ?

Dans les moules à tarte elle place d'abord les fruits en les couchant sur la pâte. Ça ne va pas, ce n'est pas joli, en plus ça manquera de fruit donc ce ne sera pas bon. Elle enlève tout et recommence, cette fois en alignant de façon très serrée les quartiers, pointes vers le haut, au moins ça sentira le fruit. Une armée de petits soldats violets le doigt sur la couture, les quetsches valent mieux qu'un bataillon disciplinaire ! Comment pourrait-elle faire ? Une idée, elle enlève de nouveau tous les fruits et essaie cette fois de mettre une couche pointes tournées vers la droite en alternance avec une autre, pointes tournées vers la gauche. Elle évalue le résultat, incomparable. Le chef repasse dans son dos, faudrait surtout pas te presser… Grouille ! il faut enfourner maintenant !

– J'ai pas fini, dit Rosie en redressant encore certains quartiers qui s'étaient avachis sur la pâte.

La tarte est maintenant une spirale à sens alterné, on approche de la perfection.

Sans lui demander son avis, le chef saisit d'un mouvement leste les plats à tarte et hop ! les enfourne. Rosie proteste mollement, mais déjà elle est happée par un autre spectacle. À l'intérieur du four la peau violette des quetsches a craquelé, fondu, bientôt aussi noire qu'un ciel d'orage. La chair, elle, a viré au pourpre et du jus grenat a coulé épais sur le fond de tarte. L'édifice des quetsches s'est avachi, transformé en brasier mauve et noir, les pointes des fruits léchées par un feu invisible.

Alentour la tension monte, les plateaux passent et repassent, les ordres fusent, claquent, secs et brefs, transperçant vapeurs, effluves et fumets. Fébrilité maximale, il est douze heures trente, l'heure qui d'habitude met les nerfs de Rosie à vif. Pas aujourd'hui. Aujourd'hui elle ne peut détourner le regard de ce qui se passe derrière la vitre.

– Eh oh ! tu fais quoi là ? Bouge !

– Laisse-moi ! C’est la première fois de ma vie qu’on me demande de faire quelque chose de joli.

Un beau jour Rosie est venue me voir, fébrile. Elle avait eu des nouvelles de Sambre via un ami de Campo. Celui-ci l'avait rencontrée par hasard et lui avait proposé de la photographier pour son book de comédienne. Comment elle t'a semblé ? s'était immédiatement enquise Rosie. Est-elle toujours aussi solaire ? J'ai plutôt vu une femme en pyjama qui avait fait des cauchemars toute la nuit et qui avait oublié l'heure du rendez-vous, a répondu l'ami. Pendant plusieurs jours de suite, je m'étais passé et repassé dans la tête, avec le peu d'éléments dont je disposais, la séance de prise de vue avec Sambre.

Elle est incroyable, cette photo, dit le photographe. Incroyable, elle peut l'être. Depuis une demi-heure tout est incroyable. Mais Sambre ne demande pas à voir la photo. On a toujours envie de voir une image de soi, surtout si la personne qui vient de la faire la juge incroyable.

Pas Sambre. Pas aujourd'hui.

Il est une heure de l'après-midi et Sambre est toujours en pyjama. Ça ne lui ressemble pas de ne pas s'habiller le matin. Le jour, la nuit, la nuit, le jour, aujourd'hui l'alternance n'a pas eu lieu, c'est la nuit en plein jour, et c'était le jour en pleine nuit. Dans son lit elle se tournait et se retournait sans cesse. Quand elle ouvrait les yeux, elle était traversée de mauvaises pensées et quand elle les fermait, elle voyait de mauvaises scènes. Des bébés morts, des êtres tordus, difformes tournoyaient parmi un amas de branches noires, brisées et de membres décharnés. Aucun de ces êtres ne lui était familier, tous des inconnus. Alors elle a préféré rouvrir les yeux. De mauvaises pensées valent mieux que de mauvaises visions.

Ça sonne. Qui cela peut-il être ? Il devait venir à quatorze heures. Est-ce possible que sans prévenir il vienne avec une heure d'avance ? Ce matin Sambre a décidé de ne pas annuler le rendez-vous pris avec un ami photographe quinze jours plus tôt. Son premier réflexe a été de vouloir annuler puis elle s'est ravisée. Elle sera au rendez-vous. Comme tout le monde elle préfère être à son avantage au moment où on la photographie. Mais aujourd'hui il n'y a plus ni nuit ni jour, ni avantage ni désavantage, l'insomnie excelle en inversion des valeurs. Elle se regarde dans le miroir pour se faire une idée de ce que le photographe verra. Comme prévu les traits sont tirés, le teint, brouillé, les yeux, petits, entourés du bistre des cernes. Les nuits blanches sont des dévastatrices de première. Sambre accuse réception du saccage. Après tout, au nom de quoi ce visage ne serait-il pas le sien ? Elle décide de ne rien changer, tout sera en l'état.

La vérité brute.

On vient de sonner à la porte. C'est lui, elle en est sûre. Elle décroche l'interphone. Bonjour c'est Régis. C'est lui. Régis, il s'appelle. Le nom lui revient. Un nom qui veut dire du roi, elle se souvient des leçons de latin, *rex, regis.*

Aujourd'hui le roi aura affaire à une femme en pyjama.

Elle sort sur le palier pour l'attendre mais il n'arrive pas tout de suite après le coup de sonnette. Il n'a pas pris l'ascenseur, il monte à pied.

Le roi vient quand il veut.

Quand il apparaît dans la courbe de l'escalier, elle note qu'il n'a aucun barda, juste un simple petit sac. Dès qu'elle voit son visage, elle sait que cet homme est capable de comprendre une femme en pyjama à une heure de l'après-midi. En d'autres temps cet homme aurait pu lui plaire.

– Excuse-moi, j'ai passé une nuit blanche. Je comptais me changer mais tu es arrivé avec une heure d'avance.

– Ah ? N'avait-on pas dit treize heures ?

De même que lui peut comprendre les femmes en pyjama à une heure de l'après-midi, elle est tout à fait capable, elle, de comprendre les hommes qui viennent avec une heure d'avance.

Elle se demande comment il fait pour exercer ce métier où il faut affronter le bloc de l'autre, l'abysse intérieur, les failles, les troubles, tout d'un bloc en une seconde, le regard, le visage et le corps, qui contiennent toute la vie de l'autre. Comme s'il avait lu dans ses pensées, soudain il dit qu'une seule chose l'intéresse chez les gens qu'il photographie.

La vérité.

Sambre se sent un peu prise en flagrant délit.

Quand elle revient habillée d'un pantalon et d'un pull, elle le trouve installé, dos à la fenêtre.

Tout en poussant une chaise à environ soixante centimètres de la sienne, il l'invite à prendre place. Voilà, c'est prêt. Sambre s'assoit. Elle s'étonne de ne pas voir d'appareil photo.

– Ça commence, on ne va pas se parler, on va se regarder, dit-il.

Être longuement regardée ne va pas de soi. On a l'impression qu'à force l'autre sait des choses sur nous que nous-même ne savons pas. Le regarder dans les yeux non plus ne va pas de soi. On n'a appris ça nulle part, aucune école, aucune famille, on est seule, rien à quoi se raccrocher, nulle expérience passée. L'inédit demande de la ressource. Au début Sambre voudrait prendre une tangente, la première qui passe, la parole, le rire, une défense, quelque chose. Il n'y a pas d'issue, elle le comprend vite. Ne serait-ce pas la définition du piège ? L'homme continue de la regarder dans les yeux, le regard ne faiblit pas.

Il tient. Il affronte le visage, le corps de l'autre, le bloc qu'est toujours l'autre.

Depuis combien de temps sont-ils assis l'un en face de l'autre sans rien se dire ? Dix minutes ? Peut-être vingt ? Parfois Sambre observe un autre homme que celui à qui elle a ouvert la porte. Quand elle se concentre seulement sur ses yeux ou sur sa bouche, elle finit par ne voir plus que ça. Comme il est à contre-jour, parfois elle voit les lobes de ses oreilles devenir rose translucide comme ceux des elfes. Puis les traits de l'homme se remettent en place. L'homme redevient l'ami connu dans une autre vie. Ses cheveux redeviennent très courts, noirs, son visage, net, franc, ses yeux nets, francs qui ne se dérobent pas. Que voit-il, lui, après tout ce temps ? La femme devant qui il se tient à présent a-t-elle encore à voir avec la femme qui lui a ouvert la porte ?

Puis les pensées de la nuit reviennent, qui avalent toutes les autres. C'est ce moment que l'homme choisit pour tirer lentement l'appareil photo de son sac, il l'ajuste, le règle et fait la photo. Le geste est sûr, précis. Puis il regarde sur l'appareil l'unique photo qu'il vient de faire.

Elle est incroyable, cette photo. C'est tout ce qu'il dit.

Sambre ne répond rien. Elle se doute que la photo est incroyable. Depuis vingt ou trente minutes tout est incroyable. Elle sait aussi quelles pensées l'ont traversée au moment précis où l'homme a pris la photo.

Le soir arrive. L'homme vient d'envoyer l'image sur l'ordinateur de Sambre. Elle se tient devant l'écran, elle appréhende d'ouvrir le fichier. La vérité brute éclatera en gros plan. Après la mauvaise nuit, elle devrait se préserver, attendre, demain est un autre jour. Elle fait le contraire, se lance, appuie sur Ouvrir. La photo apparaît en plan large. Elle ne se reconnaît pas. Aucun de ses proches ne la reconnaîtrait.

Le photographe et elle sont seuls à connaître la femme de la photo.

J'ignore si la scène avec le photographe s'est réellement déroulée ainsi. Je pense tout à coup à ces familles qui ont perdu un des leurs sans avoir récupéré le corps. Toutes déplorent un impossible deuil, une incapacité à trouver la paix. Si j'avais vu, de mes yeux vu, Sambre, je n'aurais pas fait ce cauchemar la nuit qui a suivi le récit de Rosie sur la séance photo.

J'ignore pourquoi ou comment mais je suis entraînée dans les eaux boueuses d'un grand fleuve en crue qui charrie des enfants et de vieilles personnes édentées qui tous s'accrochent à des branches flottantes. Le courant est de plus en plus rapide, certains lâchent leur branche, alors ils disparaissent, personne ne sait où, chacun se concentre sur sa branche, sa planche de salut. Tout à coup un grand ordinateur arrive droit sur moi, porté lui aussi par le fleuve. Ce gros ordinateur qui m'arrive dessus, je sais qu'il contient une mauvaise nouvelle me concernant en propre, par une sorte de superstition personnelle et comme pour conjurer le sort, j'appuie sur la touche Ouvrir. Après avoir composé l'identifiant et le mot de passe, le dossier de résultats apparaît plein écran. Parmi la liste de termes scientifiques, j'en cherche un seul que je repère aussitôt. En face du mot à cinq syllabes il est écrit *positif.* Pas de doute, c'est écrit noir sur blanc *positif.* Pas la peine de relire.

On m'a toujours dit qu'en état de choc il faut respirer.

Je respire.

Je décide d'appeler mon médecin. Impossible on est samedi après-midi. Peut-être le laboratoire pourra-t-il me venir en aide. Fermé lui aussi. Je vérifie tout de même les horaires d'ouverture pour m'en assurer. Peine perdue.

Je reste seule tout le jour avec ce mot

Positif.

D'habitude le terme induit une bonne nouvelle. Dite à l'anglaise, l'expression la *positive attitude* fait encore plus jeune, plus positif. Il faut savoir garder un état d'esprit positif, l'injonction permanente à positiver rappelée sur les culs de bus, les quais de métro, les quatrièmes de couverture des livres.

Je me demande pourquoi, pour signifier un problème, le labo a choisi le mot positif.

La douceur, le vent

Depuis mon cauchemar, je ne peux me défaire d'un sentiment de faute. Aurions-nous laissé tomber Sambre ? Quand j'en parle à Rosie, elle monte sur ses grands chevaux, tu veux rire, c'est *elle* qui nous a laissés tomber en claquant la porte de Campo sans un mot ! Fondée ou pas, la faute me taraude, une mauvaise conscience originelle chevillée à mon être et pourtant je n'ai ni tué ni volé, euh si, volé, si, il faut que je l'avoue, mais seulement une robe quand j'avais treize ans et encore dans un grand magasin, une de ces enseignes anonymes et universelles où on a le sentiment de ne porter préjudice à personne en propre. Reprenons : il y a une faute en moi et je ne parviens pas à me défaire de cette idée ni surtout à en trouver la cause. Pourtant mon échelle de valeurs ne juge pas mal la plupart des fautes humaines, je serais même encline à les trouver passionnantes.

Je préférerai toujours un Dostoïevski à un de ces écrivains autocensurés au point qu'il ne coule plus de leur œuvre qu'un filet d'eau tiède. Rosie et Anders, toujours prompts à analyser mes comportements, avancent une hypothèse, l'éducation. Ils se trompent, je n'ai pas été nourrie de religion, en tout cas rien qui ait inoculé en moi une culpabilité à vie.

Un jour, alors que je prononce le mot faute, une piste s'entrouvre. À l'école primaire, j'étais très forte en orthographe, je ne faisais aucune faute. Zéro. Je m'appliquais dans cette discipline comme dans aucune autre. Il me plaisait que la belle langue soit respectée, accent circonflexe sur le participe dû, mais seulement au masculin, c'était le moindre des devoirs et le *ph* de nénuphar faisait flotter la plante sur la mare de façon autrement plus impressionniste qu'un vulgaire *f*. Je retenais toutes les exceptions, les conjugaisons irrégulières, et même les règles particulièrement vicieuses de l'accord des pronominaux. Je mettais un point d'honneur à rendre des dictées parfaites à mes maîtres, on se demande pourquoi, pour le reste je n'étais pas du tout méticuleuse et ne le suis toujours pas, même le contraire. Ne faut-il pas plutôt prendre le problème à l'envers, déjà toute petite sans doute voulais-je éviter les fautes en dictée, me sachant en faute par ailleurs.

Dans mon nouveau travail, il était souvent question de fautes. Comme les traductions ne suffisaient pas à me faire vivre, j'avais accepté la proposition d'ateliers d'écriture à l'université auprès d'étudiants étrangers.

Pour la deuxième fois je lis la phrase sibylline écrite par Eunjee la Coréenne dans sa copie. « Il a osé empêché de la route commun en soi les pauvres. » Comme tous les soirs je cherche à comprendre le sens de phrases qui se veulent françaises, mais qui sont en fait coréennes, mexicaines ou russes. Si je parlais le coréen, je saisirais tout de suite le sens de la phrase d'Eunjee. J'ai repéré le truc, quand ils ne savent pas écrire une phrase en français Eunjee la Coréenne, Guadalupe la Mexicaine et Evgeny le Russe passent infailliblement par l'étape de leur langue maternelle et plaquent sa syntaxe sur la phrase soi-disant française. Une méthode certes, mais qui produit des phrases obscures, il faut s'arracher les cheveux pour en comprendre le sens. Que signifie la route commun en soi ? Commun s'accorde-t-il à route ? Et que veut dire commun en soi ? S'agit-il d'un nouveau concept philosophique qui prônerait l'altruisme et l'individualisme en même temps ? Qui sont les pauvres ? Je reprends du début la lecture de la copie et trouve des indices en amont, ah oui, un suicide dans le métro. Tout s'éclaire : les pauvres sont les usagers du métro et celui qui a osé empêcher la route commun, c'est le suicidé bien sûr. Alors, comme tous les soirs, je prends mon crayon de patience que j'ai choisi d'une autre couleur que rouge, car le rouge a selon moi trop de conséquences, demandez au taureau ce qu'il en pense. Mon crayon de papier est le moins agressif de tous les crayons, il prône humblement une vision du monde à la fois réaliste et optimiste : tout peut s'effacer dans la vie à chaque seconde, même ce qui est juste.

À côté de la phrase d'Eunjee, obscure, hirsute, j'écris une phrase lumineuse, raisonnable et surtout française, son acte osé a empêché les pauvres usagers du métro d'avoir une journée normale. En dessous j'écris un commentaire en corps tout petit comme si je voulais faire disparaître ma remarque un rien désobligeante sous le tapis de la copie.

Je relève un peu la tête, suçote mon crayon et passe à la copie suivante. Depuis quelques minutes quelque chose me chiffonne, mais quoi ? C'est au tour de Hatice la Turque. Dès la quatrième ligne, je lis : « Il y a aussi des secrets variés qu'elle peut observer vachement. » Tiens, c'est pas mal ça, observer des secrets variés. De quoi est-il question ? En relisant le début de la copie je comprends qu'une fille est entrée dans un cinéma et a observé les spectateurs dans le noir. Normalement on entre dans un cinéma pour regarder un film, mais bon. Je recommence à mâchonner mon crayon, à force le bout commence à être tout rogné. Décidément Hatice a saisi quelque chose du voyeurisme inhérent à tout cinéma. Et même ce vachement est bien trouvé, lui aussi, c'est si étonnant, si peu courant une vache au cinéma. Comme pour Eunjee j'écris en tout petit dans un corps le moins offensant possible la formulation correcte.

À ce stade je ne devrais plus avoir d'état d'âme, je ne devrais plus mâchonner mon crayon et devrais continuer la lecture du texte de Hatice. Au lieu de ça, je relis la phrase correcte, la mienne, l'orthodoxe, la française, et relis aussi celle de Hatice, la turque, la fautive. Il n'y a pas photo comme on dit, la mienne est plate, fade, alors que celle de Hatice balance et sonne, commence de façon banale par il y a, se poursuit par une plongée soudaine dans le noir des secrets pour finir par un adverbe d'apothéose qui loue le voyeurisme de la vache au cinéma. Ça ne fait pas un pli, la phrase de Hatice dépasse infiniment la mienne en visions, bruissements et fourmillements nocturnes. Je gomme ma première remarque et en écris une autre élogieuse. Pour être équitable, je gomme également mon appréciation sur la copie d'Eunjee pour la remplacer par un commentaire encourageant. Puis je repose les deux copies dans la pile, me lève et me poste à la fenêtre tout en allumant la cigarette de satisfaction qui couronne toujours chez moi le sentiment du travail bien fait.

Mais une fois de plus mon travail avait changé. Pour des raisons administratives, la fac ne pouvait plus m'embaucher et j'ai dû trouver un nouveau job. J'étais cette fois représentante de commerce pour une maison d'édition dans le Grand Est. Pour cette raison j'avais dû retourner vivre dans ma région natale.

Quand j'étais enfant, la petite ville près de chez moi était cossue. Le centre-ville comptait quelques magasins bien achalandés, avec des marques de qualité. On y trouvait de tout.

À Noël les décorations lumineuses la rendaient encore plus rutilante et elle dégageait alors comme jamais une impression d'opulence tranquille et honnête. Alentour les usines et les mines tournaient à plein régime, vrombissaient, prospéraient et embauchaient à tour de bras. Mon lycée regorgeait de fils d'ingénieurs et de porions venus de la France entière. Des maisons se construisaient, des enfants se faisaient et des vacances se payaient deux ou trois fois l'an.

Quand je suis retournée au centre-ville après des années d'absence, dès que j'ai claqué la portière de la voiture et mis le premier pied à terre, j'ai senti que quelque chose n'allait pas. Dans la rue commerçante où je m'étais garée, il n'y avait pas le moindre bruit. Les usines et les mines qui entouraient la ville avaient fermé les unes après les autres. Le cœur battant ne battait plus. Une expression dit bien cette sensation, ville morte. À la place un silence gêné avait fait main basse sur la ville, on marchait maintenant dans des rues fantomatiques, qu'on avait connues industrieuses, bruissant d'optimisme et d'avenir.

Les enseignes d'autrefois, quand elles avaient la chance d'avoir trouvé repreneur, avaient été remplacées par d'autres, moins haut de gamme. Le magasin Ressources, où l'on trouvait des objets artisanaux en bois brut venus du monde entier, avait été transformé en solderie pleine de caisses de fringues, tout à moins de dix euros. Le cinéma Rex, celui où on avait tous connu nos premiers baisers, le cinéma Rex lui-même avait disparu, les devantures avaient été barricadées de planches en bois clouées, un cercueil pour cinéma. Jusqu'à la maison Munier, meilleur pâtissier de la ville pour les siècles des siècles, célèbre pour ses puits d'amour dont on pensait qu'ils étaient insubmersibles, eh bien même Munier avait été rétrogradée en laverie graisseuse, traces de pas sur le carrelage blanc. De là, on levait les yeux et l'on avait vue sur la perspective d'une rue jalonnée de panneaux en lettres capitales rouges À vendre avec en dessous le numéro de téléphone de l'agence immobilière, un immeuble sur cinq environ.

Je ne sais pas si la mairie illumine encore les rues du centre à Noël. Peut-être estime-t-elle comme moi que ça n'en vaut plus la peine.

Représentante de commerce, les gens pensent que c'est pas une vie, toujours seule, de ville en ville, à essayer de caser des romans, des *feel-good*, des livres pratiques, jardinage, yoga, développement personnel. De ville en ville à essayer de servir aux libraires le petit argumentaire ciselé au millimètre près pour chacun d'entre eux, mais parfois, souvent, de plus en plus souvent, l'affaire ne se conclut pas comme je le voudrais. On me dit non pour les romans, les gens regardent des séries maintenant, on trouve tout sur Internet, le développement personnel, pareil, les gens saturent, il y en a trop eu, de toute façon, personnel ou pas, ils ne croient plus au développement. On me répond non, toujours non, parfois même on me dit que le coin n'est plus un bassin de lecteurs. Et parfois tout bonnement il arrive que la librairie ferme.

Comme représentante de commerce, j'ai un salaire fixe, augmenté de commissions. Je dors à l'hôtel deux étoiles et mange au restaurant simple, j'en connais de bons. C'est écrit cuisine familiale sur l'enseigne, c'est sain, c'est propre. Le soir parfois les restaurateurs me font une famille de substitution. En vrai j'ai une vie que j'aime et n'en changerais pour rien au monde. Les gens se trompent beaucoup sur ce qu'ils pensent de la vie heureuse ou pas des autres. L'autoroute, par exemple, j'aime beaucoup l'emprunter, alors que les gens pensent que c'est pas une vie, l'autoroute tous les jours. L'auto glisse sous les grands panneaux bleus, le long des lignes blanches, je mets mon clignotant, me rabats et glisse de nouveau, le bruit moelleux du moteur, le velouté dans la continuité noire du ruban de macadam, avec l'autoroute, on tient enfin quelque chose dont on a l'impression que ça ne s'arrêtera jamais, c'est si rare dans une vie. Parfois à la radio, j'écoute des émissions ou de la musique, mais ce n'est pas nécessaire. Je ne m'ennuie pas. Jamais. Le lendemain je repars sous d'autres panneaux bleus, le long d'autres lignes blanches. L'habitacle de la voiture ne me semble jamais vide, j'y ai mes habitudes.

Souvent il y a des choses à regarder le long du parcours. Par exemple en bordure de l'A4, en plein milieu d'une forêt de pins, je ne rate jamais l'ancienne usine de carbochimie. Chaque fois la plate-forme m'en met plein les yeux. Je me perds dans l'architecture embrouillée des grands tuyaux d'acier, des cheminées, des structures métalliques empilées, croisées, obliques, verticales, horizontales, un Meccano géant. Mise à l'arrêt depuis peu, l'usine n'est pas encore une friche et bénéficie encore d'un éclairage. Dommage, la vision ne dure pas, je ne fais que passer.

Il y a d'autres spectacles que je guette. Ceux-là ont plutôt lieu sur les routes départementales.

Avec l'ancienneté je me suis constitué une collection. Tout à coup, à la sortie d'un bois, sur un chemin de terre, surgit de dessous les branches l'avant tout couvert de rouille d'un vieux tracteur qui devait être carmin autrefois. Les deux roues de devant sans pneu et le volant dépassent d'une jungle de feuillages, l'arrière est tout mangé par un néant vert, du sous-bois, des herbes hautes, une confusion vorace, une sauvagerie profuse a pris possession de la ruine. Ailleurs, près d'une autre route au creux d'un fossé, gît une épave de Renault 16. Il ne reste presque plus rien, plus de roues, plus de volant, mais on reconnaît la marque de la voiture à la forme en trapèze de l'arrière.

Le fleuron de la collection est la sablière fantôme. Parfois je fais un petit détour pour l'apercevoir. Seul rescapée, une vieille tracto-pelle jaune de la marque Caterpillar. À l'arrêt, abandonnée, rouillée, mais encore un peu vivante, on dirait que l'ouvrier vient de claquer la porte, qu'il est allé signer un bon de livraison, qu'il va revenir d'une minute à l'autre, l'avant-bras tout hâlé et sifflotant un air de variété. Parfois on a l'impression de voir encore les marques des roues chenilles sur le sable. Chaque fois l'eau verte du bassin de la sablière me surprend.

Toute verte, d'un beau vert mousse, un trou dans la brouille du paysage industriel. C'est le sable dessous qui fait cette couleur paraît-il. Rien que pour la vision de la vieille sablière verte, je n'arrêterai jamais le métier. Je le ferai aussi longtemps que je pourrai. Mais ce siècle pressé vieillit tout prématurément et les métiers eux-mêmes sont très vite d'un autre temps.

Un jour j'ai parlé de ma collection d'épaves à un vieux libraire qui, malgré les nouvelles conditions de travail, ne se décidait pas à partir à la retraite. Il m'a écoutée en silence puis a fini par lâcher un mot unique.

Un mot avec des sonorités de sable.

Wabi-sabi.

Il a seulement dit que c'était japonais, c'est tout. Je ne connaissais pas ce mot, je n'étais pas traductrice de japonais. Tout de suite j'en ai aimé les sons. Une fois revenue à ma voiture, je l'ai prononcé à voix haute deux ou trois fois dans l'habitacle. Les syllabes se sont détachées et ont rempli l'espace, s'accrochant au repose-nuque, au rétroviseur et au levier de vitesse. Jamais plus tard je n'en ai cherché le sens dans un dictionnaire. Toujours je me suis contentée des seuls sons *wa-bi-sa-bi.*

Aujourd'hui les épaves sont devenues rares. Le vieux libraire m'a fourni l'explication. Autrefois la ferraille ne valait pas grand-chose, l'écologie était balbutiante, elle n'interdisait pas encore les déchets dans la nature et souvent après une panne ou une faillite les engins restaient sur place.

Secrètement je souhaite que le prix de la ferraille n'augmente pas trop.

Avec les années, l'amour n'était plus la grande affaire. Je prenais du champ, traversais de longues périodes de solitude dans lesquelles finalement je me trouvais à mon aise.

Le jardin de mes amis est extraordinaire. Un jour ils ont compté et ont répertorié cinquante-sept espèces différentes de fleurs, d'herbes et d'arbres. On est en mai, la fin des iris, le début des roses. Parmi les graminées remuées de vent, le cœur des calices explose. Les roses Pierre-de-Ronsard drainent tous les suffrages. Oh qu'elles sont belles !, on chuchote en les désignant. Lourdement épanouie, leur beauté blanche ourlée de rose pâle est immédiate. Il doit y avoir un truc. Il y en a un. Le cri d'admiration est généralement suivi d'une pointe de déception, oh ! dommage, elles ne sentent rien. Une rose doit sentir sinon à quoi bon être une rose. Pour ma part, je préfère les anciennes, les petites, toutes griffues, mais pleines de pétales d'un rose franc, éclatant. Il y en a une dont j'aime le nom, la centifolia. Au moins elles sentent. Elles vivent leur vie discrète mais odorante de roses à l'ombre du vieux muret de pierres sèches à l'arrière du jardin. Les pétales fripés des iris violets, j'ose à peine les regarder, nulle part ailleurs le jardin n'est aussi sexuel que dans le carré des iris. Les jaunes sont moins lascifs, on les regarde sans penser à mal. Le chèvrefeuille, lui, étire ses languettes blanches et ses notes de tête. Trop tôt pour l'odeur du tilleul, son heure est prévue pour la mi-juin.

Parfois il y a des noms inconnus. Ancolie. Un nom de sentiment, de fin de sentiment. Claudie me l'a appris parmi d'autres, raiponce, achillée, linaire, centaurée, onagre. Si Claudie elle-même n'appartenait pas à l'espèce végétale, elle ne pourrait pas retenir tous ces noms. Elle sera bien étonnée la prochaine fois que j'irai la voir dans ses montagnes et que je lui parlerai de la *Fritillaria delavayi*, une petite fleur d'altitude chinoise qui change de couleur pour ne pas être cueillie. Les ancolies de mes amis sont noires, il en existe aussi des bleues. Leurs clochettes en velours sont tournées vers le bas, vers la terre, on les dit réservées. Ma fleur préférée ne se trouve pas dans ce jardin, c'est l'immortelle. Bien que liée au départ sans retour de Sambre, je continue de l'aimer pour son nom et son odeur de chaud, de brûlé, d'été brûlant dans les rocailles. Ma condition de mortelle me fait rechercher ce qui ne l'est pas.

Mes amis sont un couple, ils attendent un autre couple, ceux-là aussi sont mes amis. C'est une configuration où je me retrouve souvent à présent, moi seule avec deux autres couples. Une belle maison vaste, un beau jardin fleuri, de beaux enfants et moi seule. Je ne sais pas si j'ai choisi cette vie ou si c'est elle qui m'a choisie. Quand je suis dans ce cadre, deux couples avec beaux jardins, belles maisons, et moi, seule, je pense davantage à mes choix de vie. Que s'est-il passé pour que je n'aie ni mari ni maison ? Et surtout que s'est-il passé pour que je n'en conçoive ni tristesse ni amertume ? Je n'ai pas la réponse, je me pose la question seulement quand je suis dans un jardin.

Songeant à l'amour et aux jardins, je me souviens de la façon dont Sambre avait mis fin à l'histoire qui l'unissait à son Marin.

Sa relation avec le Marin ne serait pas aussi ardente s'il ne se dérobait pas autant. Il la fait souffrir, lui dit qu'il l'aime mais ne l'aime pas, lui dit qu'il vient la voir, mais ne vient pas, lui dit qu'il va quitter sa femme mais ne la quitte pas. Vers le mois de juin, tous les ans, il promet à Sambre de passer des vacances avec elle, mais finalement au dernier moment bafouille une excuse professionnelle et elle se retrouve une fois de plus avec les deux billets de train ou d'avion, alors qu'elle est seule. Ça fait des années que la passion dure. Elle ne durerait pas autant s'il venait lui manger dans la main. Plus il se dérobe et plus elle l'attend et le désire.

Un soir il lui dit qu'il va l'inviter au restaurant, d'habitude elle n'y croit pas, mais cette fois Sambre a la certitude qu'il viendra, pour une fois il a réservé à son nom. Bizarrement elle ne se réjouit pas plus que ça de cette perspective certaine. Il n'est pas toujours sûr qu'on veuille vraiment ce qu'on attend.

Attendu ou pas, le soir de juin finit par arriver. Sur la placette du restaurant le tilleul embaume. Une odeur de miel et de fleur nimbe la terrasse de pierre. Sambre s'assoit à la table réservée à son nom à lui pour une fois. Elle allume une cigarette mais l'éteint aussitôt. Envoyer de la fumée mentholée dans un tel soir, un soir qui sent aussi bon lui paraît tout à coup sacrilège. Elle consulte le menu, doit le lire une seconde fois, elle se trouve un peu distraite. Pour l'instant il n'est pas en retard. Aucune inquiétude, elle est sûre qu'il viendra.

Les soirs de juin sont tragiquement beaux, les vivre, c'est déjà les perdre, la beauté n'est beauté que parce qu'elle contient déjà en elle l'expérience de sa perte. Sambre voudrait se fondre dans l'air tiède et odorant, devenir essence de tilleul, esprit de tilleul, rejoindre le tilleul dans la cime, nicher dans le tronc ou dans les hauteurs, remonter dans les feuilles, se glisser tout au bout dans les petites fleurs à languettes jaunes. De plus en plus son corps abdique toute gravité, toute matière, il devient ouate, vapeur, essence, idée, au-dessus d'elle le beau tilleul étend ses branches au bout desquelles pendent les breloques des fleurs jaunes dont les contours se découpent dans la nuit noire. Le tilleul l'invite, à quoi au juste, elle ne sait pas, elle est comme happée, par l'odeur et les branches, c'est plus fort qu'elle, comment résister.

Elle imagine le Marin. Ce qu'il pense, ce qu'il fait, je me gare, je viens, je cours, je vole. Il va lui faire son cinéma. Mais elle, lentement, lentement se lève, prend son sac à main, quitte la table et disparaît dans la nuit d'odeurs et de feuilles.

La nouvelle ère était celle du détachement progressif des êtres et des choses. Mais le plus incroyable est que ce renoncement se faisait la plupart du temps sans aucune douleur.

Je dois annuler mon Paris-Manaus. Autant dire renoncer au rêve de ma vie.

Pénétrer un jour dans la forêt amazonienne signifie pénétrer dans l'origine du monde, l'enchevêtrement non encore démêlé des choses. L'origine, c'est n'avoir encore rien séparé, ni le jour ni la nuit, ni le bien ni le mal, errer dans l'état d'indistinction, l'innocence inhérente à toute confusion.

Entrer une seule fois dans la touffeur humide des fougères géantes, la foison des lianes, des palmes, de toutes parts des cris d'animaux et d'oiseaux perforent un silence découpé en grandes feuilles muettes. Au loin fusent des feulements, des sifflements, mais nulle part on ne voit qui les profère, qui pourtant glisse, progresse, s'immisce, de temps à autre un cri rouge de singe ou d'oiseau troue d'une flèche brève le fouillis de feuilles, cri rouge, silence vert, on avance dans l'inconnu, les pas crissent dans la pagaille de l'origine, défont, démêlent, même les feuilles devraient pousser des cris, parce que recevoir tant d'eau et de lumière d'un coup ne peut finir que par un cri qui rejoint tous les cris du monde, cris des animaux, des bébés, des assassinés, des femmes, des colériques, des amants, des mourants, quand on crie on ne fait pas semblant, comme ne fait pas semblant la forêt des origines, le cri est le son le plus vital qui soit, directement relié au corps, à la vérité du corps, le cri est le contraire du langage.

Je dois renoncer à mon rêve à cause de ma phobie des araignées. Les psychanalystes ont développé des thèses sur elles. Selon eux elles représenteraient les mères. Dans ma vie j'ai des démêlés avec pas mal de monde mais aucun avec les mères. Quand je rétorque cela à mes amis, ils me font invariablement la même réponse, c'est ce que tu crois.

Avant mon départ un ami guyanais m'a dit que chez lui les mygales étaient larges comme des assiettes. Ma phobie des mygales est telle que je peine même à en écrire le nom. Vers le *y* je commence déjà à trembler. Parfois on en voit sur les pistes, elles ont la largeur d'une assiette, mon ami a été formel. Après l'avoir quitté, j'ai essayé d'annuler mon Paris-Manaus mais je n'ai pas réussi. Je savais que ma peur des araignées était grande mais je pensais que mon goût pour la forêt des origines serait plus fort. Je n'aurais pas dû voir cet ami deux jours avant le départ. S'il m'avait parlé des serpents de Guyane, je n'aurais pas annulé mon voyage, bien que je n'aime pas non plus leur façon d'apparaître subrepticement et de sinuer ensuite sur le sol à deux doigts de nos pieds, mais le triangle parfait de la tête, mais la fourche acérée de la langue et les anneaux or et bronze des écailles, alors la beauté aurait terrassé la peur.

Au moment même où je renonçais à mon Paris-Manaus, Anders n'avait pu lui non plus faire un voyage professionnel dans l'île d'Amami-Oshima. Comme toujours il avait l'art de convertir les peines en joies.

Pour se consoler de n'avoir pu partir, il se rend à un spectacle de danse. Avant l'apparition des danseurs, la scène est vide, mais déjà intense, l'ardeur retient son souffle. Ce n'est pas l'attente qui est insoutenable, c'est le désir qui l'est.

Les décibels puissants d'une musique sauvage, rythmes de percussions, de djembé, entrecoupés de cris de bêtes prennent par surprise la salle. Chant répétitif, incantation qui monte, monte, la transe contamine le noir des rangs de spectateurs. Quand le premier danseur surgit, il est accroupi. Le sol est d'abord son royaume, après seulement il s'élance dans les airs en glapissant, il devient un esprit. Arrive un deuxième danseur accroupi, puis un troisième, bientôt une horde qui bondit en tous sens. Leur justaucorps kaki et fauve a les couleurs de la jungle, à l'endroit du sexe un rond rose, à l'arrière le même rose sur leurs fesses, un rose obscène, le cul pelé des singes au zoo, on ne voit que lui. Les mouvements jaillissent, s'accélèrent, se percutent, disparaissent et réapparaissent, la danse fait péter le vieux monde, la musique lui donne son reste. Bientôt les corps des danseurs infusent dans ceux des spectateurs assis dans le silence de leurs fauteuils. Le noir de la fosse, immobile en apparence, fourmille d'impatiences muettes, d'idées mal placées, peut-être le mot justaucorps injecté dans le cerveau, ou alors le rond rose à l'entrejambe. Des élans primitifs ont pris d'assaut le théâtre, la vitesse d'un feu de savane. Jamais encore Anders n'a songé que le noir d'une salle de danse est une matière aussi inflammable.

L'amour n'était plus une question, le travail non plus. Seule la quête des origines familiales continuait de me tarauder. Tant qu'on ne me répondrait pas à une certaine demande, je ne connaîtrais pas la paix, voilà ce que je me disais.

Mon vieil oncle m'avait une fois de plus renvoyée dans mes buts. Il était l'unique survivant de ma famille paternelle, le seul à pouvoir éclairer mes origines. Comme chaque fois, j'avais traversé la rue pour l'interroger. La rumeur au village disait que mon grand-père était le fils naturel du marchand de café juif. Le vieil oncle pouvait la confirmer ou l'infirmer. Mais comme chaque fois il m'avait opposé une fin de non-recevoir. Toutes ces études pour gober ces racontars ? L'esprit critique, tu connais ? On dirait pas.

Depuis sa chaise roulante, il me plantait le bleu dur de ses yeux jusqu'au tréfonds. Pourquoi alors au village on appelle notre famille les Juifs ? Les gens sont bêtes, tu savais pas ça ? À quoi ça sert les grandes études si tu sais pas ça ? Moi, tu vois, j'ai fait zéro étude. Ils nous appellent les Juifs parce qu'on avait un commerce, c'est tout. Le bleu sans faille toujours dardé sur moi, mais sur mon dos cette fois, je m'en retournais, traversant la rue en sens inverse, pensant à son histoire de Juifs intrinsèquement doués pour le commerce qu'il me servait chaque fois.

N'empêche il demeurait un blanc dans mon arbre généalogique.

Seul le vieil oncle aurait pu m'apprendre de qui mon grand-père était le bâtard. On est toujours le bâtard de quelqu'un. Pas besoin de faire de grandes études pour savoir ça, c'est ce que j'aurais dû lui rétorquer. L'esprit d'escalier, je connais.

Arrête avec ça, c'est de l'histoire ancienne. Nous, quand on était jeunes, c'était la guerre, on était occupés à survivre, on n'avait pas le temps de se poser de questions. Ben justement maintenant on est en temps de paix et tu as bien le temps. Mes parents ne sont plus là, il n'y a plus que toi. Pourquoi tu leur as jamais demandé à eux ? Ils m'ont répondu comme toi. Ils n'avaient pas le temps, c'était la guerre, les privations, autre chose à penser. Tu es le dernier à qui je peux demander. Bientôt je ne serai plus là… Justement. Alors, pour ne pas répondre à la question qui me taraudait, mon oncle répondait toujours à des questions que je n'avais pas posées.

Comment les grands frères et les grandes sœurs avaient élevé les petits frères et les petites sœurs. Comment sa mère était morte en couches et comment le bébé mort n'avait pas eu le droit d'être enterré à l'église parce qu'il n'avait pas été baptisé. Le diable ne devait pas franchir le seuil des cimetières. Au passage, il en profitait pour glisser, tu vois bien qu'on n'est pas juifs. Un jour leur mère avant de mourir sur son lit de douleur avait appelé le plus grand frère, lui avait demandé d'ouvrir l'armoire de la chambre, la sombre qui contenait le noir des secrets. Le frère avait obéi. Là, tout en haut à droite, tu la vois, la pile de draps ? Oui, je la vois. Tu vois celui qui est tout en haut de la pile ? Oui, je le vois. Eh bien, c'est ce drap que tu mettras sur moi quand mon jour viendra. Et pour que le bébé soit enterré, on avait réussi à contourner l'interdit, je te dirai la prochaine fois quelle idée on avait eue. Y en avait là-dedans, tu peux me croire, disait-il en se martelant le crâne du bout des doigts.

Puis, le bleu culpabilisant de ses yeux dans mon dos, je traversai une fois de plus la rue en sens inverse, sans réponse, toujours perdue dans mes origines.

Je ne disposais pas de photos de mon arrière-grand-père paternel puisqu'il était inconnu. Mais la réponse, peut-être allais-je la trouver dans la boîte en fer-blanc de biscuits Lu bourrée jusqu'à la gueule de vieilles photos de famille. Parmi des dizaines et des dizaines, l'une d'elles a attiré mon attention. Pas si vieille, juste un peu défraîchie, mais en couleurs.

La toute petite fille se tenait près d'un champ. Tout vert le champ, d'un vert vraiment vert, aucun mélange, un vert de punaise verte, la grosse de la dernière fois à pattes et à ventre rectangle apparue soudain sur le blanc du mur. Le champ d'orge, une mer de tiges avec des cheveux au bout qui se balancent mollement, et le vent qui joue avec, le vent vert lui aussi à force de jouer avec les longues tiges. Du velours à perte de vue, et le soleil là-haut, ohé le soleil, une seule boule blanche dans le ciel sans un seul nuage, ni chiot ni éléphant dans les nuages, pas un seul aujourd'hui, pas la peine de chercher, il n'y en a pas.

Une petite route blanche où il ne passe jamais personne, il faut déjà avoir une bonne raison pour passer ici. Une petite route sans danger, même le danger n'aurait pas l'idée de se perdre ici. La toute petite fille sait ça et pourtant elle ne sait encore rien du danger, mais au fond que savent les petites filles. Son père, grand, grand derrière elle, et son ombre devant, encore plus grande, elle marche dessus, en plein dedans, le noir mouvant de l'ombre, elle l'écrase, sa main dans celle de son père, rien ne peut lui arriver avec la grosse main bouclée sur la sienne minuscule. Pas besoin de se retourner pour savoir qu'il est penché au-dessus d'elle, son dos sait, les dos savent, il lui a tenu la main tout au long de la petite route, penché sur elle, sa grande ombre englobant la petite sienne.

Mais la toute petite fille lâche l'ombre, c'est le moment, il y a des moments pour lâcher, c'est maintenant, ces moments il ne faut pas les rater, le genre de choses que savent les toutes petites filles. L'ombre reste penchée sur elle, au cas où, mais la toute petite fille se détache, s'élance, s'avance pour la première fois de sa toute petite vie, elle a maintenant son ombre, sa propre ombre, petite, mais la sienne, ça monte à la tête de sentir d'un coup qu'on est si seule et si capable de l'être, et qu'on a maintenant une ombre à soi.

Quelques mètres, c'est rien du tout, c'est beaucoup trop. Mettre tout son être, tout son corps dans les pas raides, chancelants, ne pas tomber, l'équilibre est un combat contre soi, contre sa pente, un pied devant l'autre, ses chaussures à lacets, une si infime surface de contact avec la terre, une toute petite fille n'adhère pas vraiment au monde parce qu'elle n'est pas encore vraiment au monde, ses pieds le lui rappellent, qui tiennent à peine debout, un an, même pas, onze mois serrés dans une si petite vie sur une si petite route blanche, un pied devant l'autre, tiendra, tiendra pas.

Pour s'élancer dans l'inconnu il faut une grande joie ou une grande peur sinon on le fait pas, les grands vides annulent les contraires, l'inconnu est sans fin et n'a qu'un seul bout, l'autre est inconnu. Que peut-elle savoir des mètres, des secondes, des minutes, que peut savoir une toute petite fille, si ce n'est à l'autre bout les bras blancs de la mère, l'odeur de poudre des bras, l'odeur dans laquelle elle va se jeter dans une seconde, cinq secondes, elle sait le tissu imprimé, les grandes fleurs vertes, le bruit du tissu qui remue quand sa mère passe à côté d'elle, tout ce qu'elle sait est dans les bras de sa mère. Elle ne connaît pas le nom des choses, elle sait seulement ce que lui font les choses, chatouillis, chaud, froid. Se fourrer dans le tissu, s'y jeter, s'écraser le nez dans les fleurs de la robe comme Bob le chien dans la terre humide du jardin, le nez dans les bras blancs, le lait des bras, plus qu'un mètre, un mètre de démarche saccadée, de mécanique mal rodée, d'articulation hasardeuse, la toute petite fille titube mais tient, tient toute seule, besoin de personne, derrière, le père n'est plus qu'un souvenir de père, et devant ?

Devant, la mère est un avenir.

Les bras des mères, pourquoi on s'y jette.

La plupart des personnes qui figuraient sur les vieilles photos en noir et blanc de la boîte en fer-blanc avaient disparu. Pendant les premières quarante années de notre existence nous n'avions eu que rarement affaire aux morts. Après cette période, les morts étaient arrivés dans nos vies.

Quand Anders m'a annoncé qu'il avait pris une photo de son père sur son lit de mort, j'ai été perplexe. Photographier quelqu'un, c'est dit-on lui voler son âme, mais alors comment voler une âme déjà partie ?

À présent c'est moi qui suis dans une chambre funéraire devant le corps de ma tante morte. Je ne peux utiliser le mot cadavre, je le réserve aux morts qui ne me sont pas familiers. Assise sur une chaise, j'observe son visage. Les traits sont réguliers, les lignes calmes, les yeux clos.

On ne dirait pas qu'un événement aussi considérable que la mort soit passé par là.

Nulle altération, nulle dévastation n'a eu lieu. Seule l'immobilité. Et la couleur. Le rose et l'incarnat ont fait place à une sorte de blanc, pas vraiment blanc d'ailleurs, une nuance de vert dedans. Plutôt que de couleur, il faudrait parler de matière, un genre de cire. Je n'ai jamais regardé le visage de ma tante pendant son sommeil, mais il devait être beaucoup moins figé. Un visage endormi mais vivant est encore allumé de l'intérieur. L'immobilité n'est qu'apparente. Derrière ça turbine, ça coule, ça irrigue, ça bat, un battement non-stop, circulation nuit et jour, la vie, la vie. Sous le visage de ma tante, pas plus de vie en profondeur qu'en surface. Le vieux Heim, prof de latin, disait que souffle et âme, c'était même combat. Je l'entends encore *anima, animae,* le souffle en latin, a donné âme en français. Ni souffle ni mouvement n'animent plus ma tante.

J'ai un peu honte de la pensée qui me traverse à présent, mais je ne vais pas avoir mauvaise conscience pour une pensée que je ne répéterai à personne. D'ailleurs est-on seulement responsable de ses pensées ? Voilà ce qui m'arrive en ce moment même : je trouve qu'ainsi morte ma tante ressemble à une vieille actrice qui aurait abusé de la chirurgie esthétique.

Pendant le trajet pour me rendre à la fête d'anniversaire d'Anders, un souvenir me revient. Son unique sœur est morte alors qu'elle était encore une enfant. Je n'ai jamais connu la petite sœur morte, j'ai seulement entendu Anders parler d'elle. Dans la voiture, je pense à l'expression rendre l'âme. D'après l'étymologie, l'âme n'est autre que le souffle. En mourant, on rend son souffle, donc aussi son âme. De fil en aiguille, une pensée me vient, dans ma langue maternelle, respirer se dit *atmen*, qui lui-même est proche d'âme. Il faudra un jour que je vérifie l'origine de ce mot étrange. *Atmen*. Le mot consume des syllabes de bords de Gange, entre les voiles roses des femmes, parfois un mort.

Je suis encore tout imprégnée des mots *atmen* et âme quand j'arrive dans la maison de mon ami. Pas vraiment des mots cadeaux pour un anniversaire. Ça suffit ! On est samedi et je vais à une fête.

À la porte d'entrée, Anders vient me saluer, il prend mon manteau et me présente à ses invités. Puis, livrée à moi-même, je pars explorer l'enfilade de salons. La maison est vaste. Comme je ne connais personne excepté mon ami, je cherche à me donner une contenance. On vient me proposer à boire, je souris et remercie. Un couple arrive, Anders me le présente, bonjour, bonjour. Je poursuis ma déambulation, quelqu'un a mis sur le pick-up un air de jazz qui m'est familier. De petits groupes sont assis sur les canapés, les fauteuils, ils semblent se connaître depuis longtemps. Je ne connais personne. Le jazz est exactement la musique qu'il faut à la déambulation solitaire et sans but. Pour ne pas paraître trop seule, je continue d'errer de pièce en pièce comme si je cherchais quelqu'un. Tout à coup, dans l'embrasure d'une porte, j'aperçois une femme de dos. Sa silhouette m'est étrangement familière. Comme moi, la femme est seule. Quand elle se retourne et sourit, son visage me trouble, il ne m'est pas inconnu. Mais qui peut-elle bien être ? Impossible de mettre un nom sur la personne. Ah bon sang ! Où avais-je la tête ? Dès que j'ai identifié l'inconnue, je vais aussitôt voir Anders pour lui annoncer que sa petite sœur est arrivée.

Ai-je dit assez clairement à mon père avant sa mort que je l'aimais ? Cette question me poursuit jusque dans mes rêves. En tout cas je ne l'ai jamais formulé de façon claire. Dans ma famille on n'exprime pas ce type de sentiments. Heureusement j'ai toujours soupçonné mon père de comprendre les sous-textes. Alors peut-être, malgré nos disputes et nos dissensions, a-t-il tout de même su quel était mon sentiment pour lui.

Depuis qu'il n'est plus là, le monde n'est plus le même. Le monde manque de mon père. Il est moins fantasque, plus prévisible. Ce qui est annoncé arrive. Avant il recelait toutes sortes de surprises, pas toutes drôles d'ailleurs, avec lui au moins on était assuré de ne jamais s'ennuyer. D'une minute à l'autre, il pouvait passer de la joie à la colère. Il se jetait tout cru dans chacun des moments de sa vie. Parfois, quand ma mère morte manquait trop à mon père, il allait au cellier et en rapportait un pot de confiture de mûres et disait, elle est là-dedans. C'est vrai, personne ne faisait mieux que ma mère la gelée de mûres. Elle connaissait les coins, et pour cueillir les précieuses baies affrontait ronces, égratignures et morsures de tiques. Après ça commençait le vrai boulot. Il fallait filtrer car il ne devait pas y avoir de pépins, c'était de la gelée, pas de la confiture, zéro pépin. Ma mère savait comme personne extraire de la forêt son goût violet. Parfois aussi mon père sortait l'album de photos, celles à bords dentelés, les kaddishs en dentelles.

Déjà du vivant de ma mère, je ne pouvais ouvrir cet album. Je ne supportais pas de la voir jeune, je ne supportais pas ses robes, sa coiffure, ses mains, son sourire, rien. Tout me parlait déjà de sa disparition. Alors aujourd'hui, morte. Les photos n'exhibent pas une présence, mais de l'absence, de la perte.

Comme mon père, je préférais croire que l'esprit de ma mère était dans la confiture de mûres.

Certains êtres prennent si peu de place dans leur vie, remuent si peu d'air, ils existent à peine, seulement le temps de poser l'empreinte d'une ombre qui vacille, un ondoiement furtif et ils ont déjà disparu. Personne ne s'aperçoit de leur place laissée vacante. Ma mère était de ceux-là, pas mon père. Il était de tempérament slave, les seuls à pouvoir terrasser la mort. La place vide de mon père, on ne voit qu'elle. Sa carrure, sa mâchoire, sa voix, tout chez lui était solidement arrimé. Terre ! Terre ! Mon père était un taureau. Les maisons où il a vécu ne se souviennent pas de tous leurs occupants, mais elles se souviennent de mon père taureau.

Dans celle de mon enfance, certains jours, dans l'embrasure de la porte de la cuisine ou dans la cage d'escalier, le taureau apparaît.

Et parfois de sa silhouette trapue sort une vieille chanson oubliée.

Une chanson de rossignol.

Un jour Anders, allant rendre visite à sa mère dans la région du Grand Est, nous propose, à Rosie et à moi, de l'accompagner en voiture. Depuis longtemps déjà on ne lui demande plus où il en est avec sa femme. Comme il n'en parle plus, on en a conclu qu'il a trouvé un arrangement. Un troc du genre, tu me donnes ça, je te donne ça, tu m'accordes la liberté, je te donne la sécurité, etc. Rosie, qui entre-temps est devenue conseillère conjugale et gagne soit dit en passant rudement bien sa vie, parle d'économie du couple. Mais dans sa bouche les mots sérieux nous font rire. Ses yeux noirs brillent toujours malgré les années et ont sans cesse l'air de dire, on me la fait pas à moi.

Sur l'autoroute, la petite auto d'Anders glisse dans un paysage riant, moelleux, on se croirait dans un tableau naïf.

Tous les trois, il arrive qu'on s'appelle juste pour se demander, savez-vous depuis combien de temps on se connaît maintenant ? Quand l'un assène la réponse, l'autre se lamente, t'exagères, t'as dû mal compter... Nos paris à Campo, vous vous en souvenez ? Tu parles qu'on peut les oublier ! Et les flirts à l'étang en été, la fille qui avait toujours un herpès à la lèvre, comment elle s'appelait déjà ? Ah oui, Marlène. Oh ce prénom, rien qu'à l'entendre on a le froufroutement de sa robe dans l'oreille, et dans l'œil la façon dont elle tenait sa cigarette. Et les glaces qu'on vendait en Bretagne sur la plage ? Personne n'en voulait, la marque n'était pas assez connue et il ne faisait pas assez chaud. Il suffit à l'un de nous trois de dire un mot, un seul, pour que les deux autres se remémorent aussitôt la scène liée à ce mot. On pourrait écouter notre émission préférée à la radio, c'est l'heure, mais on n'en fait rien. On a encore tant à apprendre et pourtant on connaît tout l'un de l'autre. L'amour, c'est être fou curieux, dit Flaubert. L'amitié aussi.

Ma mère tournoie dans le temps, raconte Anders, elle est dans une lessiveuse qui fait des tours sans fin, elle me fait part de ses craintes au sujet de mon diplôme de sismologue passé il y a plus de trente ans ! Rosie et moi trouvons poétique de vivre dans le temps de la mère, plus que l'autre, le vrai, l'implacable, celui qu'on ne peut jamais prendre en défaut même pas d'une seconde.

Le temps, on pourrait en parler des heures, c'est notre sujet préféré, peut-être bien notre sujet unique.

– Avant, poursuit Rosie, le sexe prenait une très grande part de la place disponible de notre cerveau, dans notre nouvelle vie, la place a fondu. Mais le plus beau de tout est que cet espace rendu vacant n'a pas été occupé par autre chose. Vous vous rendez compte, cette place, toute cette place vide, elle est remplie par quoi maintenant ?

– Par rien, madame la conseillère conjugale, répond Anders.

Et on éclate de rire en répétant à tour de rôle, par rien, tu te rends compte ? Par rien !

Pas si souvent qu'un néant met en joie.

Anders évoque maintenant le souvenir de son grand-père qui tenait une sablière. Ah une sablière ? je ne savais pas, dis-je. Alors mon père qui était marchand de sable l'a peut-être connu…

Il se fournissait chez un certain Hergott, je me souviens du nom.

– Hergott, comme seigneur en allemand ? demande Anders. Quel beau nom ! Hélas mon grand-père ne s'appelait que Weber.

La discussion quitte la sablière et dérive vers le couple. Selon Rosie, dans la conjugalité on reproche toujours à l'autre de nous avoir empêché de vivre la vie qu'on aurait vraiment voulue. Tiens, dit le sismologue, je n'avais jamais envisagé les choses sous cet angle. Et cet angle, il le trouve passionnant. Il lui faudra toujours un ami pour éclairer d'autres points de vue que le sien.

On pourrait continuer notre bonne conversation encore des heures, mais bientôt l'essence vient à manquer. Sur le tableau de bord le voyant rouge s'est allumé. Que faire ? Courir le risque de rester sur l'autoroute alors que la prochaine station d'essence est encore à cinquante et un kilomètres ? On ne le courra pas, on l'aurait couru il y a encore dix ans mais plus maintenant.

– *Ok boomer !* on sort ! tranche Rosie.

On bifurque à la prochaine bretelle d'autoroute, tout ahuris de retrouver la lenteur courbe des petites départementales après le blitz rectiligne de l'A4.

Les petites routes de la région sont celles qu'on sillonnait à mobylette quand on avait quinze ans et qu'on ne se connaissait pas encore. Nos premières virées en mob à travers les grandes plaines de l'Est, vous vous en souvenez ? Bien sûr, c'étaient les moissons, l'air était jaune et tremblait de chaleur, cette immensité de paille, elle sera toujours dans nos rétines.

Pensant aux plaines jaunes, je me rappelai ma première déclaration d'amour. Ce n'était pas l'époque des moissons, mais des foins.

Je viens de connaître un jeune homme. Je ne sais pas comment lui faire comprendre qu'il me plaît. Ce soir il viendra me chercher sur sa mobylette. Quand il m'a demandé si je voulais faire un tour avec lui dans la campagne j'ai dit oui comme on signe le premier acte d'un pacte secret.

Il a prévenu, il viendra sans casque, on pourra mieux sentir le vent dans les cheveux.

Ce soir je soulèverai le rideau du salon et le verrai caler sa mobylette sur la béquille. Sa silhouette indécise se détachera sur l'orangé du soir. Quand il viendra sonner à la porte, je ne pourrai pas le regarder en détail, car déjà le cœur battra plus vite, une dernière fois je vérifierai ma coiffure dans le miroir de l'entrée et sortirai dans le soir frémissant. En grimpant sur la mobylette, je ne saurai pas comment me tenir derrière lui, faudra-t-il le tenir aux épaules ou à la taille ? Je choisirai les épaules, la taille, c'est compromettant. Et comment le tenir ? Légèrement, mais tout de même le tenir. Je grimperai à l'arrière, poserai mes pieds sur le marchepied.

Sous mes jambes et jusque dans mon ventre je sentirai le bruit du moteur, et très vite, les cheveux dans le vent, je ne saurai plus très bien qui je suis de la fraîche amoureuse ou de la route de campagne, je serai tout à la fois car le monde aura peu à peu aboli toute limite. L'heure du soir rasera les hautes herbes et ensemble on tracera la route dans l'odeur tiède et lumineuse du foin. Au début, tout au début, j'oserai à peine saisir ses épaules, à peine les regarder, puis je déléguerai le courage à mes doigts, à mes mains, ils vivront détachés de moi, je ferai confiance. Et peu à peu, à force d'avoir mon visage derrière son cou, je ne verrai plus que sa nuque, et j'aimerai plus que tout cet unique orbe, ce creux de l'être, une orée de cheveux châtains mousseux, où perle une peau fine, et alors tout doucement je blottirai ma tête dans ce creux, car je ne pourrai pas faire autrement, cet endroit du corps comme aucun autre appelle le blottissement, puis je mettrai toute ma tête, tout mon être dans ce creux. En retour il me semblera ressentir une légère pression de sa part à lui, un léger acquiescement.

Peu à peu, autour de nous, dans le sillage de ce consentement, le monde entier dira oui.

Aujourd'hui je ne veux plus me déclarer la première. Je l'ai fait dans ma jeunesse par goût de la liberté, par féminisme. Simplement parce que j'en avais envie et que je voulais vivre ma vie. Ma vie d'être humain, homme ou femme.

Aujourd'hui je ne le fais plus. Et ne veux plus le faire. Chaque fois que je l'ai fait récemment ça m'a porté la poisse. L'autre a toujours fini par me le reprocher, c'est toi qui es venue me chercher, alors maintenant ne t'étonne pas, etc.

Je n'aime pas quand la morale des autres gagne.

Dommage, j'aimais ça, me déclarer.

Et pourtant j'étais timide. On ne dirait pas, mais je suis une ancienne timide. Je cache du mieux que je peux ma nature profonde et passe pour une femme sûre d'elle et même, selon certains, légèrement grande gueule. La timidité serait incompatible avec mon métier. Parfois ma personnalité d'avant me reprend, ça peut me prendre dans l'exercice de mes fonctions professionnelles. Or l'exercice de mes fonctions consiste justement à montrer en toute circonstance détermination et aplomb, à tel point que ça frôle parfois le culot. J'ignore pourquoi notre société ne fait pas aux timides la place qu'ils méritent, elle préfère promouvoir les extravertis, les décomplexés. Il s'agit toujours et partout de s'affirmer, de dire haut et fort ses pensées, toutes ses pensées. Maître mot, la transparence. Pour être dans la course, je joue le jeu, mais tout au fond de moi, secrètement, je continue d'avoir un faible pour la réserve et la pudeur.

Ce qui est caché me paraît toujours autrement plus désirable que ce qui est montré.

Un jour, je claquerai la porte de mon bureau et je me laisserai aller à ma véritable pente. Alors ma timidité éclatera au grand jour, je ne serai plus sûre de rien, ne couperai plus la parole, n'aurai plus un avis sur tout, ne parlerai plus jamais avec assurance et conviction du dernier film ou des prochaines vacances. Plus jamais. Je laisserai parler l'autre jusqu'au malaise, jusqu'au silence. Oui, je laisserai s'installer un de ces longs silences gênants. Alors mon interlocuteur commencera à perdre pied et je l'intimiderai à mon tour.

Une chanson passe sur l'autoradio, elle nous plaît beaucoup, les *24 000 baci* nous rappellent les chansons italiennes qu'on chantait à tue-tête à Campo. Et bien sûr, forcément à un moment j'entame ma chanson fétiche. Comme toujours Anders râle, me supplie d'arrêter, les paroles sont vraiment trop connes.

L'indice du bonheur chez moi est le moment où je me mets à chanter la *Samba Saravah*. D'ailleurs la plupart du temps je la chante en vacances. « Être heureux c'est plus ou moins ce qu'on cherche [...] mais une samba sans tristesse, non ce n'est pas la samba que je veux. » Ce ne sont pas tant les paroles qui me plaisent que l'air. Hélas presque toujours, dès que je me mets à la chanter, on me censure. Ma chanson a agacé des bataillons d'amis, d'amoureux et de camarades de chambrée.

Motif ? Soit on ne supporte pas que je sois *en boucle*, soit on ne supporte pas la *bêtise* des paroles. « Et je n'empêche pas les gens qui sont bien d'être joyeux », voilà bien la chanson la plus stupide jamais écrite, font certains en levant les yeux au ciel. D'autres, horripilés par le chantonnement, élaborent toutes sortes de théories psychologiques sur les personnes qui fredonnent. D'ailleurs le phénomène concerne surtout les femmes, se dépêchent de rajouter certains hommes.

Je dois le reconnaître, quand je ne me souviens plus des paroles de la *Saravah*, je me mets à la chantonner.

Bref, été après été, on m'empêche de chanter ma chanson. J'ai beau rétorquer que les paroles ne sont pas si bêtes « elle est blanche de formes et de rimes, elle est nègre, bien nègre dans son cœur » je ne convaincs personne. Quant aux allergiques du chantonnement, je m'incline, c'est vrai, c'est pénible. Alors tous les étés à plus ou moins brève échéance, je cesse de chanter la *Saravah*. Du moins à voix haute car souvent en me couchant elle est encore sur mes lèvres. « Non ce n'est pas la samba que je veux. » Ainsi non seulement personne ne l'entend mais je peux rêver tranquille à Pierre Barouh sur son cheval en Camargue ou en train de shampooiner la tête d'Anouk Aimée.

Que ce soit bien clair, tous les étés ça recommencera, dès le mois de juin j'aurai toujours envie de chanter la *Saravah* et rien ni personne ne m'en empêchera.

Une seule fois dans ma vie on m'a permis de la chanter d'un bout à l'autre. Je passais alors les années dans la compagnie unique de femmes. C'était à Campo.

Sans doute les femmes tolèrent-elles mieux que les hommes les mouvements souterrains.

À propos de chanson qu'on n'ose pas chanter, Anders en a une bien bonne aussi. Vas-y, raconte ! On piaffe, Rosie et moi.

Anders a quinze ans, plus tard il veut faire *profiler*, là, il entre simplement dans un bar du bord de mer. Il est tôt, c'est le premier café à avoir ouvert dans cette ville touristique de Bretagne où il passe ses vacances avec sa famille. Le matin la ville sent la marée, c'en est presque gênant de partager cette odeur avec sa famille prude. Sa mère, son père et ses deux frères plus jeunes se sont assis à l'intérieur du café, dehors il fait encore un peu frais à cette heure. Anders, lui, a choisi l'extérieur, pas le choix, il fume. Sa famille appartient à ce type de familles qui passent souvent leurs vacances en Bretagne. Vêtues de cirés, de pulls bleu marine, de pantalons de toile, elles comptent au moins trois enfants. Son père et sa mère ne savent pas encore que, malgré la jeunesse chaotique de leur aîné, les choses finiront par rentrer dans le rang, il ne sera ni *profiler* ni *guitar hero* comme ils le craignaient, mais sismologue, le premier de la famille. Ils auraient mieux aimé quelque chose dans le droit ou éventuellement dans l'armée, mais bon, ne soyons pas difficiles. Anders qui fume sa cigarette à la terrasse du café pour l'heure est encore en rupture de ban, à en juger par ses cheveux longs pas si propres que ça, et le trou béant au genou gauche de son jean. Il a commandé un café sans croissant alors que le reste de la famille a déjà mis plein de miettes de viennoiserie sur la table. Lui, café noir, clope âcre et basta. Son pied droit martèle le sol. Les clients du café l'ont tous bien noté, quelque chose allait arriver. Ils ne savaient pas quoi ni quand ni comment mais ils savaient. Soudain Anders se lève et de sa démarche à la fois chaloupée et nerveuse se dirige vers la table familiale et scande :

Espèce d'Manchou
Rien à foutre tu viens d'où
Quinze coups dans ta gueule ça t'apprendra à être roux

Et il s'en retourne tranquillement à sa terrasse s'en griller une autre. Pas chaloupés et rassérénés.

Et dire qu'il n'est que sept heures du matin.

Comme Rosie et moi n'avons pas de frère, on redemande à Anders des histoires de garçon. On ne sait pas ce que c'est d'avoir été un petit garçon. La plupart du temps il râle, il dit qu'il en a marre de raconter, mais finit toujours par le faire de plus ou moins bonne grâce. Parfois on le soupçonne d'inventer, pas grave, vrai ou faux, l'important c'est d'aimer.

Il doit avoir dans les sept ans et veut faire capitaine dans la 2e DB. Il se retourne.

Quarante-huit... quarante-neuf... cinquante ! Ça y est !

Cinquante secondes exactement qu'il tourne le dos au champ et garde le front rivé au mur. Il a prévenu, il ne comptera que jusqu'à cinquante. Et quand il dira ça y est ce sera ça y est. Il faudra être caché, un point c'est tout.

Quand il se retourne, le champ derrière la maison, il l'a jamais connu comme ça, plein d'ennui et de silence, rien ne bouge, et grand, grand. Si lui devait se cacher il irait où ? Derrière le tracteur, bien sûr ! Il y va de ce pas, se penche, contrôle les roues, rien ici, là non plus, personne nulle part.

Alors où ?

Il s'avance dans les hautes herbes, tiens ! ça ferait une bonne cachette. Il marche, fend le pré de long en large, patience et méthode, un bon soldat, ça sert à rien, personne a choisi l'herbe. Alors dans la remise ? Sans faire de bruit, il entre dans le demi-jour graisseux de l'ancien garage, un carreau cassé, des toiles d'araignées au coin du plafond, l'établi a plus servi depuis un bout de temps, plein de boîtes d'outils rouillés rangées n'importe comment. Il s'accroupit pour voir si par hasard il ne trouverait pas une paire de pieds là-dessous. L'idée de voir que des pieds lui plaît pas tellement.

Sans compter le silence brusque qui s'est abattu sur le monde. Quand il est avec ses copains, le monde n'est jamais silencieux. On crie, on court partout dans le champ, on met la main devant la bouche, on la retire, on est des Indiens. Kader veut pas faire Indien, il veut être cow-boy, on court toujours, on sait même pas pourquoi, qu'est-ce qu'il y a à courir après dans le champ, on s'en fiche, on transpire, maman crie vous allez attraper du mal, rentrez, on veut pas, on veut encore courir, parfois on se bat un peu avec Paul, c'est pas pour de vrai, Judith aussi parfois, elle aimerait bien, mais elle le fait pas, elle croit que c'est pour de vrai ou quoi, et puis elle sait jamais quel camp choisir Indien ou cow-boy, elle attend qu'on joue à chat, avec Kader on a pas envie.

Ohé ! Ohé ! Vous êtes où ?

Le monde ne répond plus.

Anders grimpe sur le petit tertre derrière la maison, de là il aura une vue panoramique. Il se décide enfin à regarder dans une certaine direction où il ne voulait pas regarder. Pas possible, ils n'ont pas pu aller là, ils savent bien. Ah ben, ils peuvent toujours attendre, s'ils croient qu'il va aller les débusquer là, ils se mettent le doigt, jamais de la vie il n'ira.

Le bunker est un vieux monstre gris et bombé, qui bouge jamais et qui est tout mangé de lichen, du mal-coulé dans du béton. Dans son cauchemar, il beuglait des ordres en allemand, l'allemand, c'est la langue des méchants. Comment ses parents ont pu acheter une maison avec un bunker au fond du champ ? Ou alors ils l'achetaient mais ne faisaient pas d'enfants après. Les parents ne savent donc pas une chose aussi simple.

Même appeler ohé ohé ! il ose plus maintenant. On sait jamais, ça peut réveiller les Allemands.

Le mieux c'est de fuir, retourner à la maison, taïaut ! taïaut ! Le bon vieux champ, lui au moins a jamais fait de mal à personne. Plus tard, quand Anders deviendra sismologue, il découvrira les colères de la terre qui peut se mettre à trembler même sous les vieux champs benoîts comme celui-ci.

Il se retourne une dernière fois. Le bunker est hors de portée, il s'en fiche maintenant, la bonne maison est à côté, la bonne maison avec ses parents dedans, ses frères, son chien, tout dedans, chaque chose à sa place. À quoi on pourrait jouer après ? On demandera pas à Judith, elle sait jamais rien, on demandera à Kader, Kader a toujours de bonnes idées.

Pour faire passer le temps dans la voiture, Rosie propose un jeu. Comment chacun de nous trois se voit-il dans vingt ans ? Elle veut bien commencer. D'abord un petit aveu. Anders et moi savions-nous où elle se rendait seule les soirs de Campo quand elle portait son ciré noir brillant et qu'elle partait dans la nuit, sa ceinture bien serrée autour de la taille ? Non ? Eh bien elle allait dans un cabaret et faisait un peu de strip-tease pour arrondir ses fins de mois. Ah, Sambre et moi avions donc raison de penser qu'elle était nue sous son imper. Sans pouvoir l'attester, on avait perçu quelque chose de l'activité clandestine de Rosie.

– Donc moi, a commencé Rosie, pour la dernière ligne droite je me vois renouer avec ce petit métier qui m'avait somme toute bien plu pendant ma jeunesse. Voilà comment je vois les choses.

Rosie la strip-teaseuse aime retourner dans la maison de son enfance. Sa mère et son beau-père y habitent encore. Il y a longtemps qu'elle n'est plus allée les voir. La mère désapprouve le métier, d'autant qu'elle n'a jamais compris le rapport entre le sexe et la littérature, la filière qu'avait suivie sa fille pendant les études. Le beau-père le tolère mieux, mais il s'inquiète pour l'avenir de la strip-teaseuse, selon lui la profession ne s'exerce pas au-delà d'un certain âge. Ça passait quand elle était jeune, mais maintenant.

Elle s'est rendue de l'autre côté de la frontière et a accepté une place dans un bar à hôtesses. On semblait moins regardant sur l'âge de ce côté-là de la frontière. Oh c'était pas grand-chose qu'on lui demandait, il s'agissait juste d'enlever ses vêtements un peu langoureusement le long d'une barre métallique qui brillait sur fond de lumière tamisée. Il n'y a pas de mal à ça. La mère n'était pas de son avis et voyait le mal dans la rotation autour de la barre. La reprise de service à un âge assez avancé a fini par paniquer non seulement la mère mais aussi le beau-père.

À l'étage, dans la chambre du haut, qui était aussi sa chambre de jeune fille, Rosie regarde chaque fois par la fenêtre le paysage qui s'étend là, à perte de vue, d'abord champs, prairies, puis forêt, rien n'a bougé depuis l'enfance. Au printemps et en été derrière la fenêtre s'étagent toutes les nuances de vert, du plus franc au plus trouble. Au premier plan, la cruauté découpée en aiguilles fines du grand sapin presque noir, puis le velouté des prairies remuées par un vent ami, et au fond, imparable, la ligne d'horizon barrée par la forêt, énigme et ombre à perte de vue et à tout jamais. Sans compter les sucs qui entrent par la fenêtre ouverte, les foins comme des aisselles, les moissons qui sentent le pain, et à l'automne, les champignons pourrissant dans l'humus, la saison de la mort.

Seul le vieux poulailler derrière la maison n'est plus le même. Quand Rosie la strip-teaseuse était petite fille, c'était une simple bâtisse de béton blanc recouvert de tôle ondulée. Avec les années, il s'est recouvert de vigne vierge, de ronces, de hautes herbes, la nature a repris ses droits, on dit qu'elle finit toujours par le faire, et le bas a quasi été avalé par la sauvagerie végétale. Hormis le poulailler abandonné, tout, absolument tout dans le paysage a été épargné par le processus de ruine.

Lentement Rosie fait descendre son regard dans son décolleté, puis le laisse courir le long de son corps. Partout la peau se relâche, le processus de délabrement a gagné les mains, les jambes, la gorge aussi commence à fatiguer. Doucement elle lève les yeux et regarde de nouveau le paysage par la fenêtre. Quand ses parents seront morts et que la maison lui reviendra, jamais elle ne la vendra. Dût-elle y laisser ses économies, jamais elle ne vendra cette maison.

C'est précieux dans une vie, un endroit qui échappe à la ruine.

Le récit de Rosie provoque un déclic chez moi. Je sais maintenant quelle décision prendre au sujet de la vente de la maison de mes parents.

Chaque fois que je reviens dans la maison de mon enfance, quand je tourne la clé de la porte d'entrée, je me demande quel tracas m'attend cette fois. Un trou dans la toiture ? Une fuite d'eau ? Une panne de chauffage ? Je traverse le couloir puis commence par inspecter le rez-de-chaussée, la salle de bains a l'air d'aller, la cuisine, une grosse araignée noire dans l'évier, mais elle est morte, quant au salon, tout paraît en ordre. Ensuite je fais le haut, le bureau, les deux chambres. La dernière fois que je suis venue, j'ai eu droit à une surprise nocturne. En me couchant, j'ai entendu une sarabande dans le toit en sous-pente. Sans doute une fouine, une famille de loirs. Je n'ai pas fermé l'œil de la nuit. Pour cette fois, rien à signaler. Bien sûr je passe sous silence les choses qui en superficie ont l'air normales, mais qui en profondeur déraillent, dysfonctionnent ou fuient. Le toit menace, le papier peint se décolle, les tuyaux de chauffage rouillent, les fenêtres ne sont plus étanches. Des réparations sont à prévoir, joints, siphons, robinets.

Voilà pour le matériel. Du côté de l'immatériel, il y aurait beaucoup à dire aussi.

Chaque fois que je m'y rends, le premier jour je sens la maison réfractaire, hostile, pleine de silence, de fantômes et de souvenirs. Pas sûr qu'elle veuille vraiment de moi comme propriétaire. Elle aurait préféré rester avec mes parents qui s'en occupaient beaucoup mieux, du moins de leur vivant.

Chaque fois c'est la même histoire, au début je me dis je vais vendre, il faut se rendre à l'évidence, ma vieille, tu n'as pas un train de vie qui te permet d'entretenir une résidence secondaire. Puis les jours passent, et la maison et moi on pactise de nouveau, comme on a toujours fait. Peu à peu je ne vois plus les tuyaux qui rouillent et qui fuient, je vois seulement que je respire bien dans cette maison, que mon espace intérieur s'y dilate. Mais je dois m'y résoudre, bientôt je ne pourrai plus l'entretenir, un crève-cœur, tant pis, la seule issue est de vendre.

Hier j'ai franchi le pas, j'ai téléphoné à un agent immobilier. Comme je n'en connaissais aucun, sur l'annuaire j'ai choisi en fonction du nom.

Cabinet Cerf.

Demain j'annulerai mon rendez-vous. Je ne vendrai pas. Rosie a raison, c'est précieux dans une vie un endroit qui échappe à la ruine.

Au tour d'Anders maintenant. Et lui comment se voit-il dans vingt ans ? Sa réponse fuse aussitôt, toujours avec sa femme mais amnésique.

Anders n'a jamais peint de sa vie mais un jour, après avoir perdu la mémoire, il demande à sa femme du matériel de peinture, pinceaux, brosses, toiles et gouaches. Depuis ce jour du matin au soir il peint au grenier. Il est sûr de lui, ne dit rien à personne, n'explique rien de ce qu'il peint. Il s'enferme, travaille toute la journée et c'est tout. Ça donne de grandes toiles constructivistes, des toiles hérissées de barres obliques, de perspectives géométriques avec trois couleurs fétiches, bleu charron, orange tangerine et brun tabac. Sur chacune cependant il trace toujours un petit carré vermillon dans un coin.

Sa femme est ravie, cette activité non seulement occupe son mari à plein temps, mais semble l'apaiser. Depuis qu'il peint, il cesse de geindre, Qu'est-ce que je peux faire ? J'ai plus rien à faire. Ses toiles cubistes toujours abstraites ne figurent jamais aucun humain. Quand sa femme lui demande ce qu'elles représentent, il lui fait invariablement la même réponse, le passé. Il a l'air sûr de lui. Après lui avoir posé la question sa femme le regarde bizarrement, non seulement ses toiles lui semblent à elle plutôt futuristes, mais surtout elle se demande ce que peut bien être le passé d'un amnésique. Alors invariablement elle redescend au rez-de-chaussée vaquer à ses occupations tout en continuant à s'interroger sur la nature du passé d'un amnésique. Comme la question est vertigineuse et que l'épouse ne s'en sort pas, elle préfère se dire que les grandes toiles de barres obliques recèlent la réponse et finiront bien tôt ou tard par la lui livrer.

Après de longs mois de peinture assidue et fidèle au bleu charron, à l'orange tangerine et au brun tabac, l'amnésique finit un nouveau tableau. L'épouse s'étonne car pour la première fois, dans le coin droit en bas, figure un personnage. Un homme en bleu de travail à bretelles est en train de s'allumer une cigarette en protégeant la flamme de sa main gauche. Il a la tête légèrement penchée de côté, comme s'il narguait le siècle. L'épouse dit à son mari, c'est curieux, cet homme te ressemble, on dirait ton père. C'est qui ?

Du tac au tac, le mari répond, le dernier ouvrier.

Anders se lève à huit heures après une nuit dont il ne se souvient plus si elle a été réparatrice ou non. Il est seul, sa femme est en vacances chez les enfants. Se lever tôt était une caractéristique de son métier, mais euh… c'était quoi déjà, son métier ? Il serait bien en peine de répondre. Horloger ? Ouvrier spécialisé ? Facteur ? Si ça ne tenait qu'à lui, il pencherait pour fleuriste. Et s'il fouillait dans les affaires de son bureau, il trouverait des traces de sa vie d'avant, des centaines de cartes de propagation des ondes, de fosses océaniques, de plaques lithosphériques, de plans de faille, et aussi à foison des théories des rais et des échelles de magnitude.

Mais sa vie d'avant ne l'intéresse pas plus que ça semble-t-il, car, après être resté longtemps assis sur la chaise de la cuisine pour y prendre son petit déjeuner, le vieil homme se dirige non pas vers le bureau, mais vers le salon. Même lui qui ne fait plus très bien la différence entre ce qui est ordinaire ou pas, juge extraordinaire ce qui se passe. Tout le salon est baigné d'une lumière rose. Un étonnant rose tyrien nimbe tout, absolument tout, du sol au plafond, le guéridon, les napperons, l'horloge franc-comtoise, le vaisselier avec les assiettes Sarreguemines et les Longwy, le bégonia du Mexique, encore un peu, on se croirait dans un *peep-show* mais cette comparaison n'est pas la bonne car le vieil homme ne se souvient pas avoir mis le moindre pied dans ce genre d'endroit. Bizarre… Ne serait-il pas mort par hasard la nuit dernière pendant son sommeil ? Impossible, si tel était le cas, il ne se retrouverait pas dans son salon, quand on passe, on ne passe pas au salon, voyons, on passe ailleurs !

Il fouille sa mémoire mais ne se rappelle pas avoir vu une telle lumière chez lui depuis qu'il est installé ici. D'autant que si ses souvenirs sont bons, mais rien n'est moins sûr, son salon était jusqu'à présent toujours orienté au nord... Pour s'en assurer il se dirige à petits pas précautionneux vers la fenêtre et soulève le rideau. C'est bien ce qu'il pensait, pas la moindre trace de soleil dehors. De plus, il lui semble bien qu'on est en plein hiver. La saison des lumières froides, blanches, celles des hivers poudrés de son enfance dans l'Est. Pour avoir le cœur net quant à la date, il retourne à la cuisine où est accroché l'éphéméride. Bien pratique pour compter les jours quand on ne sort plus de chez soi et qu'on vit dans un temps mou de jours semblables qu'aucun rendez-vous à l'extérieur ne vient plus rythmer. L'auxiliaire de vie qui passe chaque jour le lui a bien dit : si vous ne vous souvenez plus de la date, regardez l'éphéméride, j'en arrache une page tous les jours.

Quel jour est-on ? Un gros chiffre 1 est écrit en rouge sur une feuille blanche. Tiens, c'est bien, le 1, pour commencer quelque chose, se dit-il. La lumière rose a bien fait de choisir ce jour 1 pour s'installer dans son salon. Premier janvier... C'est un beau nom, ça. Premier janvier, ça sonne.

Dorénavant il aimera toujours ce jour.

L'histoire d'Anders me réconforte, depuis quelque temps j'appréhende les fêtes de fin d'année. C'est nouveau. Cette crainte remonte au moment où ma famille a subi une réduction drastique de ses membres pour cause de décès en série. J'ai désormais rejoint cette catégorie d'Occidentaux qui commencent à sombrer début décembre et en prennent jusqu'à début janvier en tristesse et en mal-être. Vers le 10 janvier, après l'Épiphanie, ils émergent et reprennent le cours de leur vie ordinaire. Dans le lot, ceux qui ont de l'argent partent au loin en voyage pour fuir la période honnie, ceux qui n'en ont pas font avec ce qu'ils ont, se réfugiant dans le travail, s'arrangeant pour tomber amoureux début décembre ou encore se lançant dans la lecture des dix tomes d'une célèbre œuvre littéraire. Bref, tous tentent d'échapper aux quarantièmes rugissants de l'année.

Cette catégorie qui déteste les fêtes de fin d'année comprend un fort taux d'artistes, de célibataires, d'orphelins, ou simplement des personnes en rupture de ban avec leur famille. Les autres, pour qui le passage de décembre à janvier se fait sans encombre, vivent le plus souvent en couple, en famille et même s'ils sont célibataires, pour la plupart, ils comptent encore un nombre raisonnable de membres dans leur famille, qu'aucune mort en série n'a à ce jour décimée. Un jour j'ai demandé à un ami de la première catégorie ce qu'il détestait tant dans la fin de l'année.

Sans hésiter une seconde il a répondu, l'injonction d'être heureux.

Et toi, Helga ? À mon tour. Sans hésitation, je réponds, moi, j'irai tous les jours au vieil étang et un jour, qui sait ? j'y retrouverai peut-être Sambre.

Comme tous les jours je me promène dans la forêt. Une trouée, le vieil étang dans la lumière d'hiver, une lumière qui nimbe de poudre le bois noir. Dans le fouillis des branches mortes, nettes et nues comme des traits d'encre, l'étang se signale de loin, comme seuls se signalent les trous. À l'approche, l'air se charge de vapeur bleu fumée, vert lichen, un halo de soudaine clarté trouble, un bivouac rêvé pour les songes. Le vieil étang émet un silence suspect, comme fourmillant, le même que celui qui précède les accidents, les prédations, les catastrophes. Au village on ne désigne le lieu que par « le vieil étang ». Comme tous les habitants, je ne le connais que sous ce nom. Les étangs ont-ils un âge ? Personne ne se souvient de leur naissance en tout cas. Une façon de vieillir bien à eux. Ils traversent la matière brumeuse des ans, inchangés, envahis des mêmes roseaux, des mêmes joncs, dans les tréfonds le tapis sablonneux semblable à une vase sans âge. Leurs eaux sont d'une couleur passée, sans nom. Couleur nuit des temps.

Les berges abruptes ont l'hospitalité hirsute, hérissée d'herbes raides, roseaux et joncs maussades dressés, des sagaies. L'endroit est si sauvage qu'on s'attend à voir surgir une créature des esprits, faune fantasque, fée verte.

La plupart du temps seule passe une grue cendrée au bout d'un long cou, la nonchalance même.

Pendant des mois je ne venais là que pour faire une pause dans ma promenade de santé quotidienne, m'asseoir deux minutes sur la rive à regarder sinuer sous l'eau les grandes algues dont les feuilles découpées en lanières penchaient comme de longues servantes dociles.

Un jour gris, c'était la fin de l'hiver, peut-être la nouvelle colportée de saule en saule d'un souffle plus tiède, les herbes remuées d'un frémissement soudain, de brusques rides sur le miroir immobile de l'eau, qui sait, rien, trois fois rien qui donne des élans, tout à coup une envie de me baigner. Ni une ni deux j'ai retiré ma lourde parka et ma grosse robe de laine. Je me suis assise en plein dans la sauvagerie des joncs et j'ai retiré mes bottes en caoutchouc, puis ma culotte haute et mon soutien-gorge chair, et j'ai plié le tout avec soin à côté de moi sur la berge.

Nue dans l'air indécis, je grelotte mais descends tout de même dans l'étang. Trop tard pour reculer, j'avance. Aux mollets la matière peu amène, opaque, de l'eau résiste, me répugne et se trouble de vase jaune. Comme tout le monde je préfère voir le fond des choses, une alliée sûre la transparence, mais depuis la nuit des temps le vieil étang ne donne que ce qu'il peut, vase et vieillerie, alors j'avance encore, de l'eau hostile jusqu'aux cuisses maintenant. Les pieds enlisés dans une argile douteuse mais douce à la plante, qui masse le moindre pore de la voûte, la conscience au bout des orteils à présent. À cette matière molle, je puise une sensation qui irradie dans tout le corps, un drôle d'effet, je ne sais pas si ça me veut du bien ou du mal d'habitude on sait. Je progresse encore dans l'eau troublée de milliers d'infimes particules brunes que mes pieds ont remuées et remontées à la surface.

Jusqu'à la poitrine je suis plongée dans un bain d'inconnu.

Peu à peu les longues herbes sinueuses comme de grandes servantes vertes me lèchent les jambes, d'elles non plus je n'ai pas peur, même j'en aime le toucher gluant. Ni le soir qui tombe ni le vent qui vient ne me donnent le moindre regret. Je n'ai plus froid, mes années calfeutrées dans le placenta tiède de la forêt, enfoncée jusqu'au cou dans l'inconnu des temps. Je ne savais pas que mon vieux corps pouvait encore me donner des sensations aussi jeunes. Quand je me retourne, je vois au loin la forêt, les branches noires et nues, des traits d'encre. Bientôt je retournerai au village et rentrerai chez moi. Mais pour l'heure, je vais demeurer là encore un peu, m'attarder dans le vieux bain de mon être.

Remerciements à Claudie Hunzinger

Ce roman a bénéficié du soutien du Centre national du livre et du dispositif Récit'Chazelles en 2019, une résidence d'auteurs européens et francophones, associée à un laboratoire hors les murs (Centre de recherche sur les médiations).

DU MÊME AUTEUR

Les après-midi, ça devrait pas exister, Buchet/Chastel, 2003. Prix Renaissance de la nouvelle 2005.

Des louves, Buchet/Chastel, 2006.

Corps, Buchet/Chastel, 2010. Prix Thyde-Monier 2010 de la Société des gens de lettres.

L'Averse, Gallimard, coll. « Blanche », 2012.

Mon âge, Gallimard, coll. « Blanche », 2014. Prix Georges Sadler de l'Académie Stanislas 2014.

Les Séances, Gallimard, coll. « Blanche », 2016.

Un homme aborde une femme, Buchet/Chastel, 2018. Prix Erckmann-Chatrian 2018.

COMPOSITION ET MISE EN PAGES
NORD COMPO À VILLENEUVE-D'ASCQ

CET OUVRAGE A ÉTÉ ACHEVÉ D'IMPRIMER
SUR ROTO-PAGE
PAR L'IMPRIMERIE FLOCH À MAYENNE
EN JUILLET 2021

N° d'impression : 98339
Dépôt légal : août 2021
Imprimé en France